EL PASAJE

MARIA CARME ROCA

EL PASAJE

Traducción de Lucía Giordano

afOra | EDICIONS   comanegra

MIXTO
Papel | Apoyando la
silvicultura responsable
FSC® C146635

Primera edición: octubre del 2025
Título original: *El passatge*

© Maria Carme Roca
© de la traducción: Lucía Giordano
© de esta edición: Editorial Comanegra

Editorial Comanegra
Fàbrica Lehmann
08015 Barcelona
www.comanegra.com

Imagen de cubierta: Elsa Suárez
Maquetación: Edu Vila
Impresión: QP Print

ISBN: 978-84-10161-86-3
Depósito legal: B 18406-2025

Con el apoyo de:

- TABLA -

Barcelona, 1945 13

Primer tramo.. 23
Segundo tramo... 91
Tercer tramo.. 189

Epílogo 291

A Albert, mi marido, que me acompaña
en el transcurso de este pasaje que es la vida.

Y en memoria de mis padres,
que también vivieron en el barrio de Sant Pere.

*Los pasajes son casas o corredores
que no tienen ningún lado exterior,
igual que los sueños.*
WALTER BENJAMIN

*En Barcelona, los pasajes no habían
nacido por motivos estéticos,
sino para ganarle espacio al vacío.*
JORDI CARRIÓN

Barcelona, 1945

Llovía. Una lluvia suave, cadenciosa, pero suficiente para dejarlo todo empapado al cabo de un rato. Regina se lamentó de que lloviera; no porque no le gustara la lluvia, sino por miedo a que los zapatos nuevos se le empaparan: la fina suela de cuero y la piel de alce no toleraban la humedad. Quería ir elegante —sobre todo por él, por Josep Maria— y estaba convencida de que lo había logrado. Un traje de chaqueta gris oscuro, como la tarde de aquel mes de noviembre, y los complementos negros —el cuello de piel, el sombrero de ala caída, los zapatos de tacón de carrete y el bolso plano de doble asa— ofrecían la imagen de una mujer segura de sí misma pero discreta: una buena opción para decir adiós a su amigo.

«Me resulta extraño verte con el hábito franciscano, pero hay que ver lo bien que te queda.»

La familia Sert había instalado la capilla ardiente del eminente pintor y muralista en la casa de la calle Aragó. Al día siguiente se celebraría un responso en la iglesia de la Concepció. A Regina le gustaba aquella iglesia; tiempo atrás, había sido el convento de las monjas comendadoras de san Jaime, que había sido trasladado el siglo anterior, piedra por piedra, de la calle Jonqueres a un Eixample acabado de estrenar.

Regina se había despedido de Josep Maria y se dirigía hacia el pasaje de la Indústria, que, posteriormente, se llamaría pasaje de las Manufactures. Para ella, sin embargo, sería siempre el pasaje Cirici, como lo llamaba su abuelo.

Llovía poco, pero aún llovía. Caminó un rato, preocupada por si metía los pies en algún charco. «Me quedarán los pies teñidos», pensaba. Era lo que tenía el ante. El tinte de las tiras que le cubrían los empeines traspasaría la media y le quedarían impresas en la piel, blanca como la nieve.

Apenas entró al pasaje, después de haber dejado atrás la calle Trafalgar, fue consciente de que algo había cambiado (y eso que no hacía muchos días que había estado allí). Quizá una reparación —hacían falta tantas...—, un anuncio, un nuevo quiosco... No, miró alrededor y no supo detectar nada en particular.

«Tienes manías, Regina, te haces mayor.»

Era el aire, seguro; se respiraba de otra forma; el ambiente era húmedo pero agradable. Avanzó poco a poco, como quien quiere descubrir algo. De todos modos, no tenía ninguna prisa. Si hay algo que los ancianos disfrutan, es el no tener prisa.

Regina se dirigía al quiosco de Mercè, la zurcidora, situado al otro lado del pasaje. Iba a recoger una blusa. Se le había hecho una rotura que quedaba demasiado a la vista. En aquel momento de su vida, no hubiera tenido problemas para comprar una blusa nueva, pero le gustaba aquella y Mercè tenía unas manos de oro: seguro que se la arreglaría. Solo ella podía dejar como nueva una pieza de ropa accidentada.

Disfrutaba observando el trajín cotidiano de vecinos y transeúntes. El pasaje era como un túnel urbano que iba desde la calle Trafalgar hasta la calle Sant Pere Més Alt; veintiséis escalones, tres tramos, que bajaban hacia una ciudad con menos sol y menos aire, más oscura, más antigua. Y, por eso mismo, más interesante.

Se acordó del abuelo Andreu con añoranza, cuando le decía que el barrio en el que vivían tenía de todo, incluido un pasadizo que cruzaba una parte de la ciudad. Sí, porque Barcelona se había construido sobre un acantilado.

—Imagínate una montaña escarpada —le decía el abuelo, con ojos soñadores.

De pequeña, a Regina le costaba hacerse a la idea, pero las escaleras daban testimonio del paso del tiempo: de cuando Barcelona solo era un cúmulo de humedales.

Se detuvo, preocupada por si los pies le habían quedado teñidos. Se agachó con cierta dificultad, pues ya se acercaba a los setenta, y aflojó la hebilla que ajustaba el zapato por el lado exterior del pie. Efectivamente, tenía el empeine bien oscuro. Mientras se volvía a abrochar el zapato, pensó en el tarambana de Josep Maria.

«Qué poco te cuidabas, querido.»

El hígado. Una disfunción hepática le había jugado una mala pasada. Era un comilón incorregible, Josep Maria. Pocos días antes de morir, aún fue capaz de ir al restaurante Parellada y comerse una perdiz guisada a la catalana, regada con un borgoña y un Pernod helado a la antigua.

Josep Maria Sert había muerto con setenta y un años, cuatro más de los que tenía Regina.

Se incorporó y se regaló una visión que, desde que era pequeña, la dejaba admirada: desde el primer escalón que bajaba, confirmabas que la ciudad descendía hacia el mar. Aquellos cuatro metros de desnivel unían dos partes contrapuestas de la ciudad. Un paso oscuro, estrecho, con techos abovedados de iglesia olvidada y un par de patios de luces. Paredes pringosas, sucias por el paso de fardos y bultos, de manos poco pulidas, de personas que se apoyaban para no caerse o porque, al pasar, habían tropezado.

Los ojos de Regina volvieron a detenerse en los regueros de humedad, las cañerías viejas —¿cuándo reventarían?—, las rejas llenas de roña, la mugre adherida a los cables que serpenteaban por la escalera que, al llegar a suelo llano, daba paso a una galería repleta de pequeños comercios.

Mientras bajaba los escalones, casi saboreándolos, pensaba en Miquelet, su hermanastro.

Regina había tenido que protegerlo, pues el más pequeño traspié le hacía perder el equilibrio. Era cojo, Miquelet, y tenía una mano deforme. Daba lástima verlo, pobre, con la cabeza moteada de cabellos que crecían en mechones, como césped mal segado. Como no podía cerrarla del todo, la boca le dibujaba una sonrisa torcida de la que pendía siempre un hilillo de saliva. Sus ojos, por suerte, eran vivos y despiertos.

Tenía dos años más que Regina, pero parecía más pequeño. Ella se lo llevaba al pasaje para que jugara con otros niños. Lo arrastraba como podía, agarrándolo de la mano, la que era buena. Intentaba que participara en los juegos, que corriera con los demás, pero, al cabo de un rato, tenía que dejarlo sentado en un escalón, porque los otros niños no lo querían; les daba repelús e incluso miedo.

La manita agarrotada colgando, la cojera de muñeco estropeado que hacía reír... «Pobrecito, ¡si era un alma bendita!» De poco le servía a la chiquillería que Regina les dijera que el faraón Tutankamon también tenía una deformidad. Ninguno de ellos sabía de quién les hablaba y, de hecho, Regina tampoco: solo repetía lo que le decía el abuelo Andreu, aunque no lo entendiera. «Espérame aquí, Miquelet, déjame jugar un poco.» Él asentía con la cabeza: sabía que era un estorbo y se rendía ante su incapacidad.

La niña jugaba, pero sin muchas ganas, ya que, aunque no lo viera, sentía la mirada de Miquelet en la espalda, sabía que él la seguía con los ojos, que jugaba a través de ella. Regina quería mucho a Miquelet y él a ella todavía más. Pobre de quien se riera de él, porque no había puntapié en la espinilla más feroz que el de Regina Soldevila de la calle Sant Pere Més Alt.

A menudo, las riñas entre los críos acababan mal, porque aparecía la madre de Miquelet, Pilar, y les echaba la bronca a ambos: a uno porque había salido de casa y a la otra porque no había cuidado de él.

Cuando Pilar no los reprendía, Regina cogía a Miquelet de la mano buena y saltaban los escalones canturreando, contándolos, y al ritmo del niño. Después, Regina lo dejaba en casa y se iba al pasaje Sert, justo al lado, donde levantaba la vista y veía en el balcón al niño enclenque, Josep Maria. Estaba enfermo a menudo y observaba la calle o el pasaje desde su casa, que era grande y daba a todos lados.

En cierta forma, Josep Maria y Miquelet se parecían, porque ninguno de los dos podía jugar como hubiera querido. El estado enfermizo de uno, las carencias del otro..., pero uno era rico y el otro pobre. A Josep Maria, en su casa, tampoco le hubieran dejado bajar: un chico de buena familia no juega por las calles, como un pilluelo.

Bajo la imagen esmirriada del pequeño de los Sert, sin embargo, Regina intuía un espíritu vivaz, una mente inteligente. Sus amigos, Rosita y Vicenç, no lo veían igual: para ellos no era más que un «niño mimado». Regina disfrutaba pasando de un pasaje al otro: le gustaba que su vida estuviera guiada por aquellas calles cerradas, donde las inclemencias del tiempo se debilitaban y en los días de lluvia podías jugar sin mojarte.

A medida que se acercaba al quiosco de la zurcidora, en el pasaje había cada vez más gente. No era extraño, pues allí se concentraban más tiendecitas: la pequeña imprenta, la pollería —qué angustia, las aves colgadas de un gancho goteando sangre—, la tienda donde vendían cabello... Pilar, una vez, había vendido el de Regina.

Menudo disgusto había tenido la niña, orgullosa como estaba de sus rizos rubios.

También se acercaba a su escondite —un rincón olvidado de un almacén del pasaje—, que había compartido con Rosita y Vicenç y, alguna vez, con Miquelet. Allí habían tramado pequeñas conspiraciones, complicidades, secretos. Fantasías de niños aún llenas de esperanzas.

Pronto se topó con un corrillo de mujeres que se había formado alrededor del quiosco de Mercè. Hablaban alarmadas, con rabia sedienta de justicia.

No tuvo ninguna duda de que hablaban de Pilar, la bordadora, la mujer a la que todo el barrio tenía por mala persona.

Que qué suerte que se hubiera muerto; que ya era hora, decían.

¿Pilar Anglada había muerto?

Pilar era vieja como pocas, pero tan mala hierba que parecía que no se iba a morir nunca.

Regina no sabía si acabárselo de creer.

Aquello era un alivio, y he aquí la sensación que había percibido al entrar al pasaje. Había desaparecido el hedor a podrido, el que exhala un alma mala. Una ráfaga de viento benéfico, purificador, lo había barrido.

Daba por seguro que hablaban de Anglada, pero necesitaba confirmarlo.

«Mercè me lo explicará.»

La zurcidora se incomodó al ver a Regina; sabía la relación que tenía con Pilar. Las comadres no paraban de hablar.

—¡Ya era hora de que se muriera esa fulana! —gritó una mujer de pecho prominente y pelos gruesos y negros en el mentón.

Pepita, la que cogía puntos de media, también se incorporó a la conversación, y Àngel, el zapatero que estaba en el quiosco de enfrente, no tardó en sumarse. Todo el mundo tenía algo que decir sobre Pilar y nada era bueno: la mala fama de la bordadora había ido creciendo como una hiedra trepadora. Regina sonrió a Mercè y, con la mirada, le dijo que no se preocupara por ella.

—¿Y de qué ha muerto? ¿Y cuándo? —preguntó con interés Enriqueta, la de la mercería.

—No hará ni una hora —respondió Mercè—. Se ve que iba caminando por la acera de la Via Laietana, ha tropezado y ha caído a la calzada. Un camión le ha pasado por encima y... ya os podéis imaginar.

«Aplastada, ha muerto aplastada.»

Los comentarios que siguieron no tenían nada de amables: desde que había sido una muerte demasiado rápida hasta que alguien debió de ver la oportunidad y la empujó.

«Cuántas veces la hubiera querido ver muerta y, ahora..., tanto me da.»

Mercè le dio la blusa.

—Ha quedado bien, señora —dijo la zurcidora.

Regina comprobó que el desgarrón quedaba escondido entre las tablillas que adornaban la parte delantera de la blusa. Agradeció el trabajo hecho —¡qué bien haberla recuperado!— y pagó, sin aceptar de ninguna manera que le devolviera el cambio, a pesar de las protestas de la zurcidora.

—Regina... ¿Eres Regina? —le preguntó una de las mujeres que formaban el corro, antes de que se fuera.

—Sí —musitó.

Aquella vecina no era una desconocida para ella, pero no quiso darle conversación y se fue, tras despedirse de los presentes con un gesto de la cabeza.

Se hizo un silencio profundo.

«Les durará poco; en cuanto me haya marchado, volverán a hablar del tema.»

Bastante gente del barrio conocía la historia de Regina, por supuesto. No era tan célebre como Josep Maria —su entierro no tendría tanta pompa—, pero tenía una historia: su historia.

Mientras se acercaba a la salida, y antes de franquear la puerta de hierro forjado, se recolocó el sombrero y se ajustó el cuello de piel. Hacía más frío y ya no llovía. Una vez en la calle, en unos cuantos pasos llegó a la casa donde había vivido, la casa de su abuelo, de su padre y, a efectos prácticos, de Pilar.

Pilar, la excelente bordadora del barrio de Sant Pere, la madrastra de Regina.

Se apoyó en el paraguas. Las piernas le temblaban. Había quedado abatida, sin fuerzas, como un globo desinflado.

Y ya no le importaban los zapatos.

PRIMER TRAMO

1

Pilar no me quería, no me quiso nunca. Hacía tiempo que había desistido de ganarme un pedacito de su afecto. Primero intenté no hacer caso de la sonrisa engañosa de mi madrastra ni de aquella mirada esquiva cargada de desprecio. Sin embargo, cuando murió papá, ya no tuve ninguna esperanza. Papá a duras penas duró un año, al lado de Pilar; se consumió como la llama de una vela que no tiene suficiente mecha para hacerse firme.

No podía evitar acordarme del cuento de Tarongeta, el que me explicaba mi abuelo. Más adelante conocí el de Blancanieves, el de Cenicienta..., los cuentos de madrastras malas. Una mujer malvada, un padre muerto, una hija que estorba... Lo que le sucedía a Tarongeta era peor: su propia madre la quería matar. Era una historia muy triste, claro, pero me gustaba cómo la explicaba el abuelo. Mi escena favorita era aquella en la que la niña, refugiada en el bosque, trepaba a un árbol para huir de las alimañas y una paloma se le acercaba y le decía:

«¿Qué haces aquí solita, Tarongeta? Te morirás de frío. ¿Ves? Allá a lo lejos hay una casita.»

Hay diversas versiones, pero eso lo supe más tarde, porque esta escena de la paloma pertenecía al cuento de

Tarongineta. Al abuelo le gustaba mezclar y, lo que no sabía, se lo debía de inventar. Sin embargo, aunque había diferencias entre los cuentos, los hechos básicos eran los mismos: una mujer malvada, sin escrúpulos ni alma, que no duda en quitar de en medio a quien le hace sombra. La envidia, los celos, qué malos que son.

Mamá, mi madre de verdad, había muerto. El cólera se la llevó. Físicamente se parecía a Pilar, pero era la otra cara de la moneda: la bondad personificada. El día y la noche, la luz y la oscuridad. Seguramente, he idealizado a mamá, pero el tiempo me fue demostrando que no era solo cosa mía.

Por parte de madre, yo no tenía a nadie. No era solo que me faltara ella, lo cual ya era bastante, sino que, por su lado, no tenía ni abuelos, ni tíos ni primos: nada. Mamá parecía una flor nacida en medio del desierto. Sabía, eso sí, que descendía de una monja casadera, Genoveva, una monja que profesó en la rama femenina de la orden de Sant Jaume de l'Espasa.

Decían que papá había muerto de tifus: esa era la versión oficial. Yo sé que, de alguna manera u otra, lo mató Pilar. No estoy hablando de ningún asesinato directo, del que se comete con un cuchillo, un hacha o una pistola, no: era la muerte que te va robando el aliento vital, que te va consumiendo y pudriendo el alma hasta que el cuerpo, que ya no se puede defender, se gangrena.

Menos mal que tenía al abuelo Andreu, el padre de mi padre, que vivía con nosotros. Mejor dicho, nosotros vivíamos con él, porque era su casa. El abuelo era el puntal. Era la única persona que Pilar respetaba. Al menos con él se contenía. Yo me daba cuenta cuando lo hacía, porque de repente un leve parpadeo escondía aquellos ojos furiosos que no conocían la ternura.

Vivíamos en la calle Sant Pere Més Alt, entre dos pasajes.

Me gustaba que mi barrio tuviera unas cuantas calles que llevaban el nombre de Pere, pues así es como se llamaba papá.

—Regina, el Quarter de Sant Pere tiene una historia milenaria —me explicaba el abuelo.

Él no decía nunca «barrio»: siempre hablaba del «quarter» (cuartel), como habían hecho los romanos, como en la época medieval, cuando una ciudad se dividía en cuatro partes. Así se siguió diciendo hasta que derribaron las murallas (no hacía tanto: unos veinticinco años).

Por eso me gustaba tanto la idea de «pasar» vinculada a nuestra calle: pasar de la ciudad vieja a la ciudad nueva, donde crecía el Eixample. El plan que había diseñado Ildefons Cerdà era sensato y coherente, pero la gente, los especuladores, pronto lo malbarataron. Por aquel entonces, por supuesto, yo eso lo ignoraba, porque, cuando murió papá, yo apenas sabía las cuatro reglas que me explicaban en la escuela y, sobre todo, las historias que me explicaba el abuelo Andreu, a quien le creía todo.

Miquelet también lo escuchaba, pero a veces tenía miedo y se agarraba a mi falda. Entonces el abuelo lo sentaba en su regazo y yo me quejaba de que tenía los pies fríos, hasta que también me hacía subir.

—Para algo tengo dos rodillas —decía, sonriente, complacido de tener a aquel par de criaturas encima.

Procurábamos que aquella escena pasara desapercibida a ojos de Pilar, porque la irritaba. Cuando nos veía juntos, se entrometía con cualquier excusa: que si «Regina, pon la mesa», que si «Regina, lava los platos», que si «Miquelet, ve al orinal, que te harás pis»... Y, con frecuencia, me enviaba a la fuente a buscar agua. En una mano llevaba un balde o un cántaro y, con la otra, arrastraba a Miquelet. A veces íbamos al pozo aquel que decían que había sido de los frailes dominicos, de cuando existía el convento de Santa Caterina: un pozo cuya agua, se rumoreaba, era milagrosa. No debía de serlo mucho, sin embargo, porque la gente, igualmente, contraía el tifus o el cólera. Volvíamos con el balde medio vacío, porque Miquelet y yo nos tropezábamos y se nos iba cayendo el agua. Era entonces cuando nos llevábamos un coscorrón y el abuelo intervenía y decía que iría a buscarla él y reñía a Pilar con la mirada. Ella bajaba los ojos y yo me sentía reconfortada.

De vez en cuando, si teníamos tiempo, nos escapábamos por el pasaje. Había nacido el mismo año que yo, nuestro pasaje. Lo construyó Joan Cirici, un fabricante de tejidos, en 1878: el mismo año en el que nacieron Isadora Duncan, Josep Clarà, Salut Borràs, Reza I de Irán, Jaume Bofill i Mates, Gemma Galgani, Iósif Stalin... Una bailarina, un escultor, una anarquista, un sah, un poeta, una santa, un dictador... y esta servidora: una huerfanita como tantas otras que había repartidas por el mundo.

La suerte que teníamos Miquelet y yo era que Pilar se iba a dormir temprano. Se tomaba unas hierbas —a veces las fumaba— que le hacían conciliar el sueño.

—Pilar, eso te matará —le decía el abuelo.

Pero no la mataba, no.

Ella no le hacía caso. Se encogía de hombros y se encerraba en su habitación, desde donde nos llegaba aquel olor tan particular. Pilar no las cogía de ningún huerto, aquellas hierbas, ni las compraba en el mercado: se las proporcionaba un dependiente que trabajaba en la farmacia Padrell —había quien decía que eran amantes— o alguna *trementinaire* que bajaba a la ciudad.

Por aquel entonces, yo, que recogía migajas de las conversaciones de los mayores, pensaba que lo que Pilar se tomaba era apio, la hierba que se ponía a hervir para hacer el caldo. A veces, cuando comía sopa, creía que me dormiría. Menudos líos nos hacemos cuando somos pequeños. Y yo todavía más, que no tenía hermanos que me hicieran espabilar; porque Miquelet no contaba: él aún sabía menos que yo de cualquier cosa.

Tarongeta no tenía hermanos ni hermanastros; tuvo que espabilarse ella solita. Quizá fue esa su suerte.

Yo tenía la ventaja, no obstante, de tener al abuelo y de que no le diera pereza contarnos historias. A Miquelet le gustaba cuando decía que nuestro Quarter, hacía miles de años, había estado cubierto de agua, pero que la tierra había ido ganando terreno, se habían formado humedales y, entremedio, se habían alzado tres colinas.

—La de Montjuïc, el monte Tàber y la de Sant Pere.

La de Montjuïc la veíamos cuando subíamos a la azotea; la del monte Tàber, cuando íbamos a la catedral. Entonces, papá aún vivía. Desde que él murió, ya no íbamos a ningún sitio, porque el abuelo no podía caminar mucho; siempre decía que el corazón no le funcionaba del todo bien.

A quien sí le funcionaba el corazón era a Pilar. Lo tenía fuerte como un roble —y como una piedra— y no tenía pinta de irse a morir nunca. La verdad es que yo pensaba con frecuencia en la muerte de Pilar y deseaba que llegara pronto. No, yo tampoco era buena.

Pilar, mala hierba, humo y veneno.

Me confesé de estos pensamientos al mosén de la parroquia de Sant Pere. El hombre se escandalizó. Me hizo rezar mucho: era un pecado muy grave, el que le había confesado. Me recordó el cuarto mandamiento y me lo hizo repetir unas cuantas veces: «Honrarás a tu padre y a tu madre».

—Pero, mosén, Pilar no es mi madre —le dije.

Me riñó todavía más y agregó más padrenuestros y avemarías a la penitencia. Me recomendó que me fijara en las cosas buenas que tenía mi madrastra, que, como todo el mundo, bien debía tener alguna.

Era muy buena bordadora, eso sí. Recibía encargos de gente distinguida, pues sabía imprimir en la ropa angelitos, flores y letras maravillosas y complicadas que surgían de unos dedos hacendosos, delgados, ágiles y expertos.

Yo me esforzaba al máximo para aguantarla y, mientras tuve al abuelo, me fui apañando, pero, al cabo de un tiempo, él falleció. Recuerdo que Pilar me lo comunicó con una expresión de victoria mal disimulada en el rostro.

No me dejó pasar a verlo.

—Los niños no deben ver a los muertos —sentenció.

Yo, sin embargo, me colé en la habitación donde dormía y me abalancé sobre mi abuelo. Me quedé aferrada a él como una lapa, inspirando su olor, quedándome con su último aliento de vida, que quería recuperar del momento en el que había muerto. Todavía estaba caliente. Y me enfadé con él. «¿Por qué nos has dejado, abuelo? A Miquelet y a mí.» No era justa, pero me quejaba.

Su muerte fue repentina, aunque fuera anciano, y sembró dudas en mí. Sufría del corazón, sí, pero la sombra de Pilar enturbiaba mis pensamientos. ¿Hasta dónde sería capaz de llegar, aquella mala hierba? ¿Matar al abuelo? Yo lo daba por sentado.

Si la madre de Tarongeta quería matar a su hija, ¡qué no haría mi madrastra con un suegro que la reñía!

Pilar me había arrebatado a papá y al abuelo Andreu. Por mucho que me pudiera decir el mosén, aquello no tenía perdón de Dios. La sospecha me carcomía, pero no podía hacer nada contra Pilar; al menos de momento.

2

Genoveva, la monja comendadora del convento de Jonqueres, mi antepasada, de quien decían que había llegado a ser priora, era muy bonita, como todas las monjas casaderas. En la rama conventual femenina de la orden de Sant Jaume de l'Espasa no se aceptaba a ninguna que no tuviera el don de la belleza. Huelga decir que también era necesaria una buena dote.

Así pues, no era de extrañar que yo, como descendiente de la monja Genoveva, fuera guapa como la Tarongeta del cuento. Salvo Pilar, en casa todos me decían piropos.

—¡Qué preciosa es mi Regina! — me decía papá.

Yo nunca sería una monja de Jonqueres, sin embargo: primero, porque el convento ya no existía, y segundo, porque quien ingresaba tenía que tener dinerito.

Me interesaba mucho que fueran monjas casaderas, porque las que yo tenía en la escuela, de casarse, nada. Tenían que ser buenas, obedientes, pobres y castas... Me costó averiguar que eso de ser castas quería decir que no podían tener ni marido ni prometido.

Nuestra Genoveva sí que tuvo.

Ellas, las monjas comendadoras, debían ser nobles, aunque, poco a poco, se fue dando entrada a las hijas de mercaderes y ciudadanos honrados de Barcelona. Se ve que era como un pensionado de lujo. Entraban de niñas y, tras recibir la educación correspondiente, podían escoger entre profesar o salir del convento y casarse.

Genoveva, monja y priora, esposa y madre. Cabeza de linaje.

Había otra particularidad que me llamaba la atención. Los caballeros de la orden consideraron siempre que, en su misión de luchar contra los infieles, era necesario que alguien se ocupara de rezar por el éxito de las campañas y llevara una vida cristiana en su lugar. En definitiva: que ellas debían llevar una vida de santidad en beneficio de ellos.

De sencillas no tenían nada, las comendadoras. Iban muy bien vestidas y llevaban joyas. Siempre me las he imaginado decididas, mandonas, y hasta bailando alrededor del claustro, moviendo al viento las hermosas capas.

Yo tenía un broche que había pertenecido a la monja Genoveva. Era de platino y plata con rubíes incrustados. Los rubíes eran unas piedrecitas de color rojo intenso. Mamá me decía que tenían mucho valor. Me lo dio pocos días antes de morir, como si lo supiera.

—No se lo enseñes a nadie, Regina.

—¿Ni a papá?

—No, a papá tampoco. Es un secreto entre tú y yo.

Y agregó que aquel broche pasaba de madres a hijas.

Tardé en entender por qué no quería que papá supiera que lo tenía. Mamá hizo bien, porque seguro que papá se lo habría dado a Pilar, la bordadora sanguijuela.

Lo tenía en un escondite, en el pasaje Cirici, bajo una baldosa mellada que había dentro de un almacén; cerca de la escalera grande, la que conducía a una fábrica de abanicos situada en el principal. Era un lugar seguro, pues estaba convencida de que nadie se tomaría la molestia de arreglar aquella baldosa deteriorada.

Sin embargo, no sé si hice bien enseñándoselo a Miquelet, un día que él estaba muy triste. Sus ojos de gorrión me dijeron que guardaría el secreto.

A menudo me he imaginado a la monja Genoveva sujetándose la capa con aquel broche. Debía de estar guapísima.

Pronto intuí que algo no iba bien. Cuando Pilar me sonreía era una señal inequívoca de que, de alguna forma u otra, me las iba a cargar. Había aprendido a leer sus gestos, sus miradas. Y la suya no era del todo una sonrisa, porque solo levantaba una de las comisuras de los labios: un gesto que quedaba interrumpido, partido a medio camino.

Era el mes de abril y hacía poco que yo había cumplido trece años. Pilar me hizo bañar dentro de una tina grande. Me extrañó, porque era jueves y ella nos hacía bañar los sábados. Luego me hizo poner un vestido nuevo, con unos bordados que había hecho ella misma.

—Es un regalo —me dijo.

La ilusión inicial, no obstante, fue tan fugaz como un decir Jesús. No podía tratarse de nada bueno para mí.

Me hizo sentar y me peinó cuidadosamente. Notaba sus dedos deslizándose con suavidad entre mis rizos, a los cuales acababa de dar forma.

—Ya conoces a la señora Palmira, ¿verdad? —me preguntó.

—Sí...

Era una persona desagradable, la señora Palmira. No es que fuera fea del todo, pero seguro que las monjas comendadoras de Jonqueres no la hubieran aceptado en el convento, por mucha dote que hubiera aportado. Tenerla cerca mareaba, porque iba bañada en perfume, que seguramente sería caro. Los ojos se me iban siempre hacia sus manos, rematadas por unos dedos gorditos y unas uñas largas y curvadas como las de un águila pescadora. Tenía los dientes de delante separados y no podía evitar pasar la lengua por el medio con frecuencia.

Al abuelo, la señora Palmira tampoco le caía bien. Por eso no venía por casa, porque él desaprobaba su presencia.

—Esta mujer no es de fiar —oí que murmuraba el abuelo.

—Abuelo, ¿por qué lo dice? —le pregunté, interesada.

—La gente de mirada ladina es malintencionada y engañosa.

Cuando la señora Palmira venía a casa, el abuelo se lo reprochaba a Pilar.

—No sé por qué te tratas con esta mujer.

—Ay, ¿pero qué tiene de malo? —se quejaba ella con voz mustia, casi dulce—. Pobre mujer, es una buena clienta. Justamente le acabo de bordar, por encargo, el ajuar de una sobrina.

Que no fuera del agrado de mi abuelo hacía que tampoco lo fuera del mío. Pilar, sin embargo, no tuvo en cuenta las consideraciones de su suegro, porque, de repente, dejó el peine y anunció:

—A partir de ahora, trabajarás para la señora Palmira.

Se me encogió el corazón.

—Ya tienes edad suficiente, Regina —agregó.

—¿Y de qué trabajaré? —pregunté, aunque era una pregunta innecesaria: solo podía ser un trabajo de criada.

—De lo que ella quiera que hagas.

Su respuesta me inquietó. Hubiera preferido que me dijera que fregaría los suelos y los platos. Y me fue diciendo que me portara bien, que, por una vez en la vida, me comportara.

Que me comportara...

Aún no sabía qué significaba aquello, realmente.

—Y pobre de ti como dejes ver ese mal genio que tienes.

La llamada a la puerta me hizo saltar de la silla.

Era ella, la señora Palmira, ataviada con un vestido de encaje y volantes que agregaban aún más volumen a su figura y cubierta con un sombrero de copa alta lleno de flores de tela incrustadas.

—¡Mírala, qué mona! —exclamó al verme, mostrando sus grandes dientes.

Ella y Pilar intercambiaron una mirada de complicidad: se las veía satisfechas. Mi madrastra entró un momento en la habitación donde dormíamos Miquelet y yo. Al cabo de nada, salió con un atadijo de ropa.

—Aquí tienes tus cosas —dijo al dármelo.

Me vino a la mente el broche. Menos mal que estaba escondido en el pasaje o ya me podría haber ido despidiendo de él.

—Oh, no es necesario —dijo la señora Palmira—. A Regina no le faltará de nada.

Que no me faltaría de nada...

Me faltara o no algo, lo primero que me vino a la cabeza fue Miquelet. Como si me hubiera leído el pensamiento, apareció en la habitación que cumplía la función de recibidor, comedor y pequeño taller, donde Pilar trabajaba con el bastidor de bordar rectangular y el costurero, que estaba lleno de hilos de muchos colores y agujas de todo tipo: pequeños objetos mágicos que nos tenía prohibido siquiera mirar a menos de medio metro de distancia. Eran sus herramientas de trabajo y las cuidaba y ordenaba con meticulosidad obsesiva. Miquelet había apartado la cortina que separaba el comedor de la cocina y me miraba con preocupación. Presentía que me iba, aunque nadie le hubiera dicho nada.

—¡Pasa para dentro, diantre de crío!

Aunque conservara la apariencia de un niño, el «crío» ya tenía quince años.

—Va, venga, Regina, que nos vamos —me indicó la señora Palmira.

«No, no me quiero ir», pensaba yo. La señora Palmira me cogió de la mano.

—No —respondí con firmeza.

—¿Cómo que no? —preguntó Pilar, desconcertada.

La señora Palmira me estiró de la mano y yo, en un ramalazo, tiré al suelo el costurero. Los hilos, las agujas, los corchetes, las cintas... se desparramaron por todas partes, en confabulación con mi protesta.

—¡Serás desgraciada...! ¡Mira lo que has hecho! —gritó Pilar, dándome un cogotazo.

Miquelet se puso a llorar y la señora Palmira, con voz suave, intervino:

—Regina, que vengas a mi casa no quiere decir que no vayas a volver aquí. Piensa que no nos vamos a la otra punta del mundo: no nos movemos de esta calle y os veréis a menudo.

Había cierto deje de mentira en sus palabras, pero me tranquilizaron un poco y supongo que a Miquelet también. Nos abrazamos con fuerza, llorando los dos.

—Degina, Degina... —decía él.

Pilar me empujó para que saliera, bien agarrada de la mano de la señora Palmira.

3

La señora Palmira me aseguró que cuidarían de mí; que mi madre —no dijo «madrastra»— ya tenía bastante con Miquelet; que, de ahora en adelante, si deseaba cualquier cosa, solo tenía que pedirla; que ya vería que los tres seríamos felices. Los tres: ella, yo y su hijo Felip.

Felip.

El hijo de la señora Palmira, el único que tenía.

Me doblaba la edad: tenía veintiséis años. Todavía era joven, pero no lo parecía en absoluto. Tenía el pelo ralo y unas bolsas muy marcadas en los ojos. Daba la impresión de que hubiera nacido ya así, con aspecto avejentado. Iba siempre muy pulcro. Vestía con discreción (en eso era muy diferente a su madre): camisa blanca, pantalón, americana, sombrero. Me llamaba la atención la manera en que, cada vez que entraba en casa, se quitaba el sombrero y lo cogía entre las manos antes de dejarlo colgado en el recibidor. Eran maneras de mosén; de quien no ha roto un plato en su vida. Un simulacro de inocencia.

Me saludaba como lo hacen algunas personas tímidas, que solo inclinan la cabeza. Parecía que tuviera miedo de que lo regañara.

La casa a la que había ido a parar era señorial y tenía esgrafiados en la fachada y una entrada espléndida que permitía la entrada de carruajes. Estaba situada en la misma calle Sant Pere Més Alt, aunque más cerca de la Riera de Sant Joan, lo que más tarde sería la Via Laietana. Por aquel entonces aún no se había abierto; era un entramado de calles que mi memoria guardaría intactas.

Los primeros días que pasé en casa de la señora Palmira me resultaron inesperadamente agradables. Quizá era cierto que allí no me faltaría de nada, y olvidé un poco el rechazo que me provocaba. Tenía una habitación para mí sola, bonita y soleada, que daba a la calle: a mi calle. Yo la atisbaba a menudo por si veía a Rosita o a Vicenç o quizá a Miquelet. Porque no, no salía de casa.

Qué bonito que era el pequeño tocador blanco de madera de jacarandá, con florecitas pintadas como las que florecen en el árbol, de color azul violeta... La señora Palmira me explicó que se lo había regalado un pariente suyo, un indiano, y que este tipo de árbol no era propio de aquí, que venía de Argentina y de Bolivia.

—Sé que lo cuidarás, Regina. Le tengo mucho cariño, a este tocador.

Yo le decía que sí, mientras me sentaba en la pequeña butaca tapizada de terciopelo y me contemplaba en el espejo ovalado, que parecía alertarme cuando ella se agachaba y ponía su rostro al lado del mío y me decía que se sentía muy feliz de tenerme en casa. Y esos dientes separados... No me los podía sacar de la cabeza.

La señora Palmira me asignaba tareas, trabajitos que eran casi placenteros: doblar la ropa, poner la mesa, sacarla, quitar el polvo..., y me regalaba golosinas cuando las terminaba.

Sin embargo, no tardé mucho en darme cuenta de que había perdido la libertad.

Estaba acostumbrada a salir a la calle, a comprar, a buscar agua o hacer recados para Pilar y, a ratos, a jugar con mis amigos en el pasaje.

Hacía tres días que vivía con ellos y, en la mañana del cuarto, me atreví a preguntarle si podía salir.

—¡Criatura! —exclamó—, con este sol tan fuerte...

Exageraba, porque era primavera y el sol era amable. Sin embargo, cuando no era el sol, era que llovía o que se estaba haciendo tarde. Era una prisionera en una jaula de oro. Mi consuelo era salir al balcón. Un día, ¡qué alegría!, vi a Vicenç.

—¿Por qué no bajas? ¿Por qué no sales?

—La señora Palmira no me lo permite.

Se quedó pasmado. No entendía por qué, claro. Yo tampoco.

Cada día, él y Rosita pasaban por allí y yo salía al balcón que daba a la calle y los saludaba. Cada día nos decíamos algo, a esa distancia. Éramos amigos y vecinos. Ellos vivían en las otras dos calles Sant Pere: Rosita en la del Mig y Vicenç en la de Més Baix.

«No me olvidéis, por favor, no me olvidéis», les pedía para mis adentros.

—No deberías hablar con esos niños de la calle —me recriminó la señora Palmira.

—Es que son amigos míos...

Puso cara de «ay, qué pena» y, sin inmutarse, cerró el ventanal.

Dejé pasar un par de días y le pedí con vehemencia, con palabras largamente meditadas:

—Señora Palmira, querría ir a ver a Miquelet. Usted me dijo que, si quería algo, se lo dijera...

—Por supuesto, Regina. Iremos esta misma tarde.

Intuí que, aunque no le gustaba la idea, no me quería contrariar.

Yo hubiera querido ir sola, a mi aire, pero la señora Palmira me acompañó a casa. Se engalanó como un pavo real, con un vestido de satén *duchesse* lleno de pasamanería, y, en lugar de sombrero, se puso una mantilla de blonda sujeta sobre el pecho con un broche de zafiros que me hizo pensar enseguida en el mío.

En cuanto me vio, Miquelet se me tiró encima. Sollozaba.

—Degina, Degina...

—Regina es como la hija que nunca tuve —afirmó la señora Palmira.

Ella quizás sí que había tenido suerte, pero algo me decía que yo no. Valoré la libertad perdida: cuando vivía con Pilar, que ella no cuidara de mí me permitía ir de aquí para allá. Me obligué a aceptar la situación, diciéndome que podría ir consiguiendo «permisos» y que me iría haciendo mayor..., pero, finalmente, el mal presentimiento que no sabía descifrar acabó tomando forma.

Aquella noche, me desperté y me encontré a Felip pegado a mi lado, acoplado a mí. Me abrazaba por la espalda. Me incorporé, alarmada.

—Solo te quiero hacer compañía —me dijo con toda naturalidad.

Salté de la cama y me quedé ahí de pie, dejando claro que no me volvería a meter en ella hasta que no se hubiera ido. No la quería de ninguna de las maneras, aquella compañía.

Días más tarde, era como si no hubiera pasado nada: me pidió disculpas y dijo que no me había querido molestar, que había sido un ramalazo, y me tranquilicé. La señora Palmira no desaprovechaba ninguna oportunidad para decirme que su hijo era muy bueno y que yo también tenía que serlo con él; que Dios, Nuestro Señor, me recompensaría por ello. Visto ahora, aquello no era como para estar muy tranquila.

Felip tenía un despacho con una biblioteca que me tenía admirada. Me entretenía mucho en ella, cuando quitaba el polvo. Si me quedaba allí más de la cuenta, la señora Palmira no se quejaba y yo lo aprovechaba. Leía los lomos de los libros, embelesada. ¡Estaban tan bien colocados en las vitrinas...!

Me tenía especialmente cautivada una bola del mundo que había sobre una mesita más pequeña. Felip me la mostró; me iba mencionando los países y los accidentes geográficos principales. A mí, que solo conocía cuatro rincones de la ciudad, me maravillaba comprobar que el mundo era tan grande y que contenía tantos océanos y mares. Me interesé especialmente por la ubicación de Argentina y de Bolivia, la tierra de los jacarandás.

Y no sé cómo se las apañó, entonces, Felip.

Yo estaba de pie mirando el globo terráqueo con atención y él se acercó con una silla y me sentó en su regazo. Estaba distraída con la bola, con un dedo sobre Argentina, y me costó reaccionar. Tuve el instinto de fingir que no era consciente de sus caricias en la cabeza ni de su aliento sobre mí, pero Felip tenía las manos húmedas: siempre las tenía así, con un sudor que le salía de los poros, y eso daba asco. No era el sudor de haber trabajado ni de haber escalado montañas, no: era un sudor extraño, fruto de una enfermedad que yo aún no conocía. Se las secaba continuamente con un pañuelo. La señora Palmira le restaba importancia; decía que, a su marido, el padre de Felip, también le pasaba.

Hice todo lo posible por pensar que aquello no tenía importancia.

«Pórtate bien, pórtate bien», me había recomendado Pilar.

Noté que algo se endurecía, y un sentimiento de rechazo se apoderó de mí. Me giré levemente, mirándolo a la cara, y vi que me contemplaba —cómo lo diría— con avidez.

Cuando intenté levantarme, me retuvo. Me arremangó la falda y me tocó los muslos con las manos pegajosas. ¡Qué repelús! No lo podía soportar. El asco me sublevó y, de los nervios, me meé encima. Fue sin querer, pero suerte tuve, porque aquello lo obligó a levantarse.

—¿Has visto lo que has hecho? —gritó, enfadado. No soportaba ensuciarse.

La señora Palmira, que debió de oírnos, entró en la biblioteca.

—¿Qué sucede?

—¡No quiero que el señorito Felip me toque!

No me lo pensé dos veces y salí corriendo hacia la calle como alma que lleva el diablo.

—¿A dónde te crees que vas, desgraciada? —oí que gritaba Palmira por el hueco de la escalera.

Palmira, berganta, mentirosa.

Sí, Palmira a secas. Había dejado de ser señora, para mí.

No tenía ni idea de qué hacer ni a dónde ir, pero las piernas me llevaron instintivamente hacia el pasaje, que hacía tiempo que sentía como mío, aunque no lo fuera. Me metí en uno de los almacenes de entrada y salida de mercancías y me acurruqué en mi rincón secreto. Era uno de nuestros escondrijos cuando, con Vicenç y Rosita, jugábamos al escondite. Levanté la baldosa y ahí estaba mi broche, que me infundió un poco de confianza.

El corazón me latía con fuerza. Me hice un ovillo en el suelo, pero antes me saqué la braguita empapada de pipí; aquella humedad me molestaba. Menos mal que el vestido no se me había mojado.

¿Qué haría? De momento, calmarme y respirar hondo.

Allí, en el pasaje Cirici, me sentía segura.

Según me explicaba el abuelo Andreu, Joan Cirici instaló su fábrica de tejidos en la calle Sant Pere Més Alt. Más tarde, allí mismo, en el número 31, construyó un grupo de casas y dejó abierto un pasaje entre las calles Sant Pere Més Alt y Hort d'en Favà (esta última después se llamaría Trafalgar). Poco a poco se fue creando el pasaje con el fin de aprovechar el espacio, que era escaso: la ciudad aún tenía murallas.

No sé cuánto tiempo llevaba allí escondida cuando oí a Pilar gritar por el pasaje. Me buscaba. Quizá Palmira también. Felip, no lo creo. Oí también la voz rota de Miquelet. Sin duda, Pilar lo llevaba para que me delatara, la muy canalla.

Me sumí en un estado de ensoñación... No sabía qué hora era: en el almacén no entraba luz exterior. Tampoco había nada que me alumbrara. Por el silencio del pasaje, deduje que sería de noche. Había entrado allí al atardecer, cuando aún había movimiento pero algunos puestos empezaban a cerrar.

Después de horas en una posición incómoda, tenía la garganta seca y el cuerpo entumecido. No sentía nada de hambre, sin embargo. Me acordé de cuando Pilar se enfadaba conmigo y con Miquelet y nos castigaba sin comer. El abuelo venía siempre por la noche y nos daba un vaso de leche y, a veces, un pedazo de pan o un trozo de queso que yo comía con deleite. Un día, Pilar lo sorprendió dándome pan y le cantó las cuarenta. Él se lo tomó con una serenidad admirable. En ocasiones como esa, no decía nada y se iba de la habitación, mientras ella, fuera de sí, iba soltando barbaridades.

El abuelo soportaba aquello por mí y por Miquelet. Él era nuestro ángel de la guarda.

Finalmente, decidí salir. Lo hice despacio, sin hacer ruido, como los gatos. El pasaje aún estaba vacío y cerrado. La tímida claridad que entraba por uno de los patios de luces anunciaba que pronto se abrirían las puertas de hierro y empezarían a prepararse algunos quioscos.

Después de tantas horas allí metida, me vino a la mente la voz del abuelo. Él siempre me había dicho que había un lugar, cerca de casa, donde podía pedir auxilio y protección, si fuera necesario. Cuando me lo decía, yo no prestaba mucha atención, pero ahora todo cobraba sentido. No podía ir allí tan temprano, tenía que esperar un poco.

Salí del pasaje sigilosamente, sin correr, para no llamar la atención. Ya estaba en la calle Sant Pere Més Alt, la mía, pero aquel día no buscaba mi casa. Lo primero que hice fue tirar la braga a una alcantarilla y, después, fui a la fuente donde solíamos llenar el balde y el cántaro de agua con Miquelet y bebí con avidez. ¡Qué sed tenía! También me lavé las manos y la cara y me ahuequé el pelo. Estaba bastante presentable, a pesar de toda la agitación.

—Cuando lo necesites, Regina, pide ayuda al señor Domènec Sert —decía el abuelo. Que era una buena persona, insistía, que lo conocía bien; que le dijera que era su nieta.

El señor Sert: el padre de aquel niño enclenque que ya había dejado de serlo, porque, si yo tenía trece años, él, Josep Maria, ya debía de tener diecisiete.

4

El abuelo Andreu me había explicado que el pasaje Sert era como una colonia industrial en medio de la ciudad. Estaba en nuestra calle, en Sant Pere Més Alt, y muy cerca del pasaje Cirici. Primero se construyó el de los Sert y, poco después, el de Cirici.

Además de la casa de los amos, estaban las viviendas de los encargados y los jefes de las diversas secciones, los comedores de los obreros y otras instalaciones. El abuelo siempre decía que su ubicación era estratégica, porque facilitaba el control del personal y de las mercancías. Me explicaba que una escalera interior comunicaba directamente con las dependencias de la fábrica, la más importante de las cuales era la sala de máquinas, con los generadores de vapor, la chimenea y las «cuadras», una para cada sección, desde donde se preparaban las materias primas o las operaciones que requerían lavar, cardar, peinar e hilar para poder urdir, tejer y teñir.

También estaban los almacenes, los despachos, las tiendas, las salas de ventas para la producción y comercialización de una gran variedad de artículos textiles.

El abuelo lo sabía porque había trabajado allí.

Estuve un buen rato al pie de la escalera, la que subía a la vivienda. Me quedé embelesada mirando el cielo. Lo veía bastante bien, pues me encontraba muy cerca de la entrada. Era muy temprano y el sol se iba alzando a pasitos cortos. Me daba mucha vergüenza llamar a la puerta y, al mismo tiempo, temía que me encontraran. Los gritos de Pilar y Miquelet resonaban en mis oídos. Todo el barrio debía de haberse enterado: ¿Dónde demonios se había metido Regina? ¿Qué le había pasado?

Me iba repitiendo las palabras del abuelo: «si alguna vez tienes un problema importante...». Para mí era muy importante, de una importancia visceral, pero quizá el señor Domènec pensaría que se trataba de un disparate, de cosas de críos. Solo lo conocía de vista y apenas sabía nada de él: básicamente, que era el padre de aquel muchacho que nos observaba a través de los balcones y las ventanas mientras jugábamos. Alguna vez le había preguntado por qué no bajaba a jugar con nosotros.

—No puedo. Estoy enfermo y no conviene que me canse... Se ve que hay una oleada de tifus —me decía, resignado.

Y cuando no era el tifus, era el cólera, la fiebre amarilla o cualquier otra enfermedad infecciosa que causaba estragos y se llevaba vidas. Hubiera querido decirle que Miquelet tampoco estaba bien, pero que bajara, que así se distraería.

Finalmente, me decidí. Llegaba bien al picaporte. Era de hierro forjado. Me había fijado en él antes de utilizarlo y me llamó la atención cómo estaba decorado: de un lado había un conejito; del otro, una ardilla; y entre los dos sostenían a un dragón. Tan pequeños unos y tan grande el otro... Me había fijado porque mi padre había sido cerrajero y forjador. Él sabía muy bien cómo hacer aquellas piezas.

El primer golpe en la puerta fue muy flojito —el miedo me frenaba— y tuve que volver a llamar con más fuerza. Me abrió una mujer alta, robusta, que llevaba un delantal de aquellos de vestir, no de los de trabajo. Eso indicaba que era una criada, pero de las que tienen categoría; de las que mandan.

—Buen día tenga... —dije con un hilillo de voz.

Aunque mi vestido estaba algo arrugado, se veía que no era el de una muerta de hambre. Palmira me hacía poner vestidos de calidad, y también a Felip le gustaba que me vistiera bien.

—Querría hablar con el señor Domènec —pedí con educación, pero decidida.

—¿Con el señor Domènec? —dijo, muy extrañada. «Qué atrevimiento», debió de pensar—. No creo que sea posible.

Mi mirada directa y mis ojos llorosos debieron de hacerla reflexionar.

—¿Quién lo busca?

—Soy Regina Soldevila, la nieta de Andreu Soldevila... Mi abuelo...

Antes de que pudiera continuar, la mujer me dijo que esperara en una sala que había justo al lado de la entrada, y que podía sentarme en una de las banquetas, si quería.

Sentí esperanza.

El señor Domènec era un fabricante de tejidos, como Joan Cirici, como ya lo habían sido sus antepasados. Los Sert vivían en el pasaje contiguo al mío, que era de más categoría. Ambos pasajes, no obstante, cumplían una función muy similar. El abuelo me explicaba que, un día, los industriales se decidieron a traspasar las casas que había allí y hacer los pasajes que iban de la ciudad vieja a la nueva; que eso solo sucedía en el barrio de Sant Pere; que, en otros lugares —lugares de aquella otra ciudad que yo aún no conocía—, los pasajes eran diferentes. En aquellos otros lugares, decía el abuelo, los pasajes se construían como algo bonito, para imitar a París, una ciudad que quedaba lejos, pero que era el faro de todas.

El abuelo me había contado la historia de la familia Sert. En el número 55 de la calle Sant Pere Més Alt, trabajaba Francesc Sert Altés como tejedor de lino, una de cuyas hijas, Madrona Sert, se casó con Bonaventura Solà, quien tenía un obrador textil en la misma calle. Los Solà y los Sert empezaron a montar el negocio y a construir su pasaje, que se llamó primero Solà y después Sert. Solo hacía un año de ese cambio de nombre cuando llamé a su puerta.

Unos pasos me alertaron y me puse de pie enseguida. Apareció una señora que, por su actitud y por cómo iba vestida, debía de ser la dueña de casa. El coraje que había tenido hacía un momento me abandonó: me entraron unas ganas enormes de huir. Tragué saliva.

—Buenos días —me saludó—. Soy la esposa del señor Domènec Sert.

—Es la señora Maria Badia —agregó la criada robusta.

Maria. Se llamaba igual que mi madre.

La señora me observaba con curiosidad, pero con respeto, y su actitud me animó a resistir.

—Mi abuelo… —empecé a decir.

—En casa conocíamos a tu abuelo Andreu. Ya lo debes de saber, pero su intervención fue muy importante para evitar que se incendiara el taller de la familia, cerca de vuestra casa.

No, yo no sabía qué había hecho el abuelo, porque él no era de colgarse medallas, pero, en mi cabeza, yo ya me lo imaginaba como un héroe.

El abuelo Andreu, bondad siempre presente, luz y cobijo.

Llamaron a la puerta con insistencia y me puse nerviosa.

Pilar. O Palmira. O ambas. Y quizá también Felip.

La criada robusta, la del delantal resplandeciente, reapareció enseguida.

—Señora, Pilar, la bordadora, pregunta por su hija.

—No es mi madre —me apresuré a decir—; es mi madrastra.

Alguien me debía de haber visto salir de mi escondite y debía de haber avisado a Pilar.

El hijo de los Sert, el que había sido raquítico, pasó por allí delante. Estiró el cuello. Su madre, que lo vio, lo echó con la mirada, y a mí me hizo una mueca que, de no haber sido por las circunstancias, me hubiera hecho reír.

—Hazla pasar, Antonieta.

La criada que mandaba se llamaba Antonieta.

Pilar estaba hecha una furia. Los ojos se le salían de las órbitas y me miraba con rabia.

—Discúlpeme, señora, que no quiero molestar.

Pilar lo dijo con aquella voz de niña buena. Disimular se le daba muy bien. Luego se dirigió a mí:

—Cómo me has hecho sufrir… ¿Se puede saber dónde te habías metido?

—No me quiero quedar en casa de la señora Palmira —contesté con energía, desafiándola, mirándola a los ojos.

—¿No vive con usted, su hija? —preguntó la señora Maria—. Es muy jovencita…

—Trabaja en casa de la señora Palmira Torrent, que me avisó de que se había escapado de su casa.

—¿Y por qué te has escapado? —me preguntó la señora Maria.

Me sentí acorralada. ¿Qué debía decirles? Nadie me haría caso. Pilar, solo con la mirada, me decía que pobre de mí como hablara demasiado.

—Tenía miedo —me atreví a decir.

—¿De qué? —preguntó la señora Sert con firmeza—. Adelante, di.

—Del hijo de la señora Palmira, del señorito Felip.

—¡Qué ocurrencias! —protestó Pilar—. ¡Pero si no puede haber persona más amable sobre la faz de la tierra!

La faz de la tierra, menuda exageración.

La tierra, la imagen del globo de la casa de Felip, me hizo revivir la escena. Las manos sudadas, la humedad entre las piernas, el asco, la huida. No, ¡no podía regresar allí! De ninguna manera. Pero aún no se me ocurría cómo escabullirme. La mano de Pilar ya me estiraba hacia la puerta.

En aquel momento, pasó por delante de la salita un señor. Al cabo de poco confirmé que era el señor Domènec. El tono de voz de Pilar, más alto de la cuenta, debía de haber llamado su atención.

—Es Regina, la nieta de Andreu Soldevila —dijo la señora Maria.

—Es mi hijastra —recalcó Pilar, pero nadie pareció tomarse en serio sus palabras; fue como si no las hubiera pronunciado.

—Tengo un muy buen recuerdo de tu abuelo —me dijo con afecto.

—La niña ha llegado preguntando por usted, señor —agregó Antonieta, que no se había movido de su sitio.

—¿Y en qué puedo ayudarte, Regina?

Ni yo misma lo sabía muy bien.

—No es necesaria ninguna ayuda, señor Sert, muchas gracias. Yo me encargaré —dijo en seguida Pilar, estirándome de la mano; pero el señor Domènec me retuvo.

—¿Qué has venido a pedirme?

—Que no quiero ir a casa de la señora Palmira, por favor…

—¡Como si pudieras decidir! —intervino Pilar.

—La señora Palmira es la viuda de Felip Torrent —aclaró la señora Maria.

Marido y mujer se miraron.

—Ya les hemos hecho perder suficiente tiempo —dijo Pilar—. Vamos, Regina.

—Un momento, señora.

La voz de Domènec Sert era educada pero contundente. Pilar se lo quedó mirando, sorprendida.

—Hablemos de esto con tranquilidad —insistió el señor Sert.

—Perdone, pero no hay nada que hablar.

—Se equivoca. Toda mi familia apreciaba a Andreu Soldevila. Si su nieta llega a mi casa pidiendo mi ayuda, no puedo dejarlo pasar.

—Y yo no puedo permitir que esta chiquilla me haga quedar mal…

—No tengo ninguna duda de que llegaremos a un buen acuerdo —la cortó el señor Domènec—, seguro que mejor que el que usted debía de tener con la señora Torrent. Llegaremos a un buen entendimiento, y con la señora Torrent también, pero, por ahora, Regina se queda aquí.

5

Antonieta me dijo que había tenido suerte: que muchas chicas ya querrían trabajar en casa de los Sert, que eran verdaderos señores. No me costó nada sentirme afortunada, porque aquella era una casa en la que se respiraba paz; una tranquilidad que yo había perdido, sobre todo, desde la muerte del abuelo Andreu.

La habitación que me habían asignado no se podía comparar, ni de lejos, con la que tenía en casa de los Torrent. Era una recámara al lado de la habitación de Antonieta; pequeña, pero suficiente, pues yo no tenía nada para guardar, al fin y al cabo. El broche de la monja Genoveva, que en aquel momento era mi posesión más preciada, seguía bajo la baldosa agrietada del pasaje Cirici.

La ventanita que daba a un patio de luces del pasaje Sert me hacía feliz. Aquel pasaje no era el mío —tan cerca que me había criado, ¡y era un mundo tan distinto...!—, pero lo adopté inmediatamente entre mis afectos. Podía ver cómo los trabajadores cargaban las mercancías, el trajín constante para arriba y para abajo; podía oír el trac-trac de las máquinas que, como si fueran campanas, te despertaban por la mañana, cuando se ponían a trabajar. ¡Cuántas ciudades diferentes en tan poco espacio!

Tarongeta se había refugiado en la casa de los trece ogros; Tarongineta, en la casita de los siete duendes; y yo, en una casa muy grande que compartían dos familias, los Solà y los Sert, si bien yo estaba en la parte de los Sert. Me reconfortaba pensar que había muchas personas para protegerme, y algunas eran bastante corpulentas, como los ogros amigos de Tarongeta.

No había explicado a nadie lo que me había pasado con Felip, pero parecía que todo el mundo lo miraba con suspicacia. Los Torrent no tenían buena fama, pero tenían dinero, y cuando uno tiene dinero, los demás hacen la vista gorda. Al cabo de unos años supe que los Sert habían pagado una buena cantidad a Pilar para que me dejara tranquila. Los Torrent también recibieron una compensación, supongo, por haber perdido el juguete que le habían comprado a Pilar Anglada.

En casa de los Sert me sentía a gusto. De vez en cuando, Josep Maria me daba conversación y, sobre todo, me hacía reír.

Yo iba haciendo las tareas que me indicaba Antonieta y, cuando quitaba el polvo, de paso, me quedaba mirando las fotos que había repartidas por toda la casa. Me hacía gracia una fotografía de cuando Josep Maria aún era un chiquillo. Estaba sentado sobre lo que parecía ser una tumba. ¿Era posible, un niño sentado en una tumba? Tenía un aro en la mano, un aro que no creo que supiera manejar con mucha habilidad. Vestía como un niño rico, claro: traje negro, una gran hebilla en el cinturón, un pañuelo blanco al cuello, de encajes, acabado en un lazo, unos botines hasta media pierna… y aquella actitud seria, como correspondía.

—Qué, ¿te gusta mi retrato? —me preguntó, burlón.

Como me pilló desprevenida, el retrato casi se me cae de las manos, y me apresuré a dejarlo en su sitio, sobre un canterano que me tenía fascinada.

—Me parece extraño, eso de estar sentado sobre una… ¿Es una tumba?

—Es un sarcófago —aclaró, risueño.

Josep Maria me dijo que, en casa del retratista, Napoleón, el de la plaza del Àngel, tenían diversos objetos, muebles, ornamentos y decorados para hacer las fotografías y que aquel sarcófago les daba mucho juego.

—Te aseguro que allí no había ningún muerto…, aunque no levanté la tapa, claro está.

De todo hacía broma. El sentido del humor fue una buena herramienta para Josep Maria: lo ayudó a superar obstáculos ya desde la infancia. Le gustaba hacer reír a todos en la casa. Sus hermanas lo tenían muy mimado: es lo que pasa cuando se ha estado muy enfermo de pequeño y la familia ha tenido miedo de perderte.

Delante de los demás, yo le decía «señorito», pero, cuando estábamos solos, él no quería.

—Dime Josep Maria… Recuerda que, aunque de lejos, éramos compañeros de juegos, Regina.

Los juegos.

Era muy especial, el tipo de juego que habíamos creado entre Josep Maria y yo: muy sutil, imperceptible para el resto, pero, por eso mismo, muy estimulante. Era un divertimento de gestos y miradas. Por ejemplo, cuando jugábamos al escondite en el pasaje de los Sert y me tocaba adivinar dónde se habían escondido Vicenç y Rosita, Josep Maria me lo indicaba con los ojos (la dirección, al menos, pues no alcanzaba a ver todo el pasaje, claro). Aquello ya me daba suficiente ventaja, y yo le respondía con un guiño y una sonrisa de agradecimiento. Vicenç y Rosita no podían creer que siempre les ganara. Era por Josep Maria.

La etapa de jugar se había terminado para mí y también para mis amigos. Los echaba de menos. Las carreras por los pasajes habían quedado atrás. Ellos también trabajaban: Rosita, en un puesto de frutas y verduras en el mercado de Santa Caterina, y Vicenç, en la panadería Sant Pere, donde trabajaba su padre. De todas formas, procuramos planear un encuentro, aunque fuera breve, ya que se morían de ganas de saber cómo había sido mi huida, un hecho que se había difundido por todo el barrio.

Como no podía ser de otro modo, fuimos a nuestro escondite del pasaje, que ya nos quedaba pequeño.

—Aquí pasé toda una noche escondida…

Abrían los ojos como platos. Durante un rato, me convertí en una especie de heroína de cuento… Tarongeta, Tarongineta.

Y les expliqué el porqué de aquella noche de calvario —a ellos sí—, pero con la estricta condición de que aquello no saliera de nuestra guarida. También lo hice para alertarlos de que los Torrent no eran buena gente.

«Quién sabe si Felip no se fijará un día en Rosita», pensaba yo.

Nos cogimos de las manos, las unas encima de las otras, haciendo piña: seis manos, treinta dedos conjurados para afianzar una amistad que iba más allá de aquel pasaje y más allá del barrio de Sant Pere.

Yo salía poco. Con las ganas que tenía de huir cuando vivía con Pilar y durante el poco tiempo que estuve con los Torrent... Ahora, en cambio, prefería encerrarme en casa. Tenía miedo de Pilar, de Palmira y de Felip y, cuando tenía que salir a la calle porque Antonieta me enviaba a hacer algún recado, iba con prisa, como si me persiguiera el diablo.

Josep Maria me animó a plantarles cara. Insistía en que yo no había hecho nada malo. Él no conocía los detalles, a diferencia de Rosita y de Vicenç, porque me hubiera dado vergüenza explicárselos, pero veía que me escondía de ellos y, desde el primer momento, me apoyó mucho.

—Con la cabeza bien alta, ¿eh? —me animaba Josep Maria—. Míralos con la frente muy alta, como hacen los mosenes cuando predican.

E imitaba el gesto y me hacía reír.

También por eso quería quedarme en casa: para disfrutar de su compañía.

Lo único que me motivaba a salir era ver a Miquelet. Antonieta me animaba a ello también, de vez en cuando:

—Va, venga, Regina. Tienes que salir, que te tiene que dar el aire.

Me gustaba cuando salíamos juntas, eso sí. Con ella me sentía segura. Antonieta se fue convirtiendo en una especie de tía para mí. Cuando íbamos al mercado de Santa Caterina, me enseñaba a escoger un buen trozo de carne, a elegir la mejor fruta…, y yo, a cambio, le explicaba cosas que el abuelo me había transmitido a mí; historias del Quarter. En eso me sentía una niña sabelotodo, gracias al abuelo. Le decía que el mercado, anteriormente, había sido un convento de los frailes dominicos. Me escuchaba y mostraba interés, más por aquello de «mira qué cosas sabe esta moza» que por lo que le pudiera contar: lo que ocupaba su mente era tener una despensa bien abastecida y poder ofrecer una mesa bien presentada; el resto eran historias sin demasiada importancia.

Antonieta, coraza gruesa, talante honesto, corazón tierno.

A veces me hablaba del abuelo Andreu. El episodio de él arremangándose contra el incendio del Quarter de Sant Pere era legendario, en aquella casa.

—Las campanas de la iglesia —explicaba Antonieta— no paraban de tocar a fuego: toques rápidos y diligentes, para que todo el mundo se pusiera en acción. Hacía falta que asumiera el mando de la situación alguien con suficiente serenidad y ese fue tu abuelo. Un grupo se ocupó de salvar las valiosas sedas; otro dejó que las llamas se apoderaran de una parte para poder salvar el resto. Andreu ahuyentaba a la gente inútil, los que no hacían nada, y procuraba que se protegiera a los ancianos y a los niños.

Los señores Sert eran muy discretos y no hablaban mal de nadie —los trapos sucios, cuando se es de buena familia, se lavan en casa—, pero Antonieta, que no era tan fina, sí que se soltaba.

—Menuda caradura, tu madrastra. Va por las esquinas haciéndose la víctima: que es una pobre viuda, se lamenta, y con un hijo lisiado.

Y seguía refunfuñando y lanzando acusaciones entre dientes, para que yo no acabara de enterarme del todo.

Ambas teníamos muy presente el día que pedí, por favor, ir a ver a Miquelet y ella me acompañó. Pilar nos cerró el paso: dijo que había sido yo quien me había querido ir de casa y que no hacía falta que volviera nunca más.

Antonieta, que no se arrugaba, le dijo que tenía entendido que yo ya no estaba con ella, que ella misma me había colocado en casa de los Torrent para quitárseme de encima.

—¡Cómo te atreves a meterte en mi vida! —protestó Pilar, indignada.

—¡Que todo el mundo sabe cómo las gastas! —replicó Antonieta.

Mientras tanto, aprovechando que ellas discutían a ver quién podía con la otra, yo me pude abrazar con Miquelet. Fue breve, porque Pilar, en cuanto se dio cuenta, lo hizo entrar y a nosotras nos obligó a marcharnos.

Pero yo ya lo había visto, y él a mí. Lo necesitábamos.

—¡Gracias, Antonieta!

Y volvimos a casa con la cabeza bien alta, con la frente levantada, como me había recomendado Josep Maria.

Aprendí que la felicidad consiste en saborear las pequeñas victorias que nos ofrecen los días; que hay que paladearlas como si no se fueran a repetir jamás. Duraba poco, la felicidad: como las burbujas de jabón que hacía cuando era pequeña con una jícara y una cañita. Por mucho que quisiera atraparlas, retenerlas entre las manitas, se desvanecían y desaparecían sin dejar rastro.

Fue una buena época, la que pasé en casa de los Sert. No hubo ni un solo día en el que no saboreara una pizca de felicidad. A ello contribuía el hecho de que eran una familia unida (a mí me lo parecía, al menos): padre y madre y seis hijos, Francesc, Domènec, Carme, Mercè, Dolors y Josep Maria.

Mercè ya se había casado, y con un marido de prestigio: Eusebi López i Díaz de Quijano, marqués de Lamadrid; nombre largo, de altos vuelos. Tenían una hija más o menos de mi edad.

Dolors y Carme vivían en casa. De momento no se habían casado y no parecía que lo estuvieran contemplando, ya fuera por falta de ganas o por falta de pretendientes de categoría. Esto, por supuesto, eran historias de Antonieta. Eran muy amables y afectuosas y querían con locura a su hermano pequeño, Josep Maria. Los otros dos, Francesc y Domènec, ya iban a lo suyo: continuaban el negocio de la familia y, por lo que se comentaba, lo hacían con muy buen tino.

Antonieta me explicaba estas cosas mientras guardábamos la ropa de cama. Previamente, en un ritual que se repetía con frecuencia, la señora Maria le había dado la llave del armario. Era un mueble de los que se hacían en Girona, con incrustaciones de hueso, nácar y marfil, una técnica que se llamaba *pinyonet*, por la forma de las pequeñas piezas con las que se ornamentaba. La combinación de tonos claros y oscuros de la madera, así como la profusión bien distribuida de dorados en las molduras, las columnas y los capiteles, me hacían pensar en un trabajo bien hecho y el trabajo bien hecho siempre me hacía pensar en papá.

Nos recreábamos guardando la ropa limpia y bien doblada y, entremedio, colocábamos pequeñas ramas de lavanda y manzanas de cirio.

—Cuidado no se te caigan las manzanas, Regina, que después quedan macadas.

¡Qué hermosura de ropa de cama! Piezas de ropa blanca guarnecida con encajes, randas y bordados.

—¿Has visto qué finura, Regina? —me decía Antonieta, poniendo las manos bajo los encajes para enseñarme que estaban hechos en el cojín. Yo conocía bien aquello que me estaba mostrando; era de las pocas cosas buenas —quizá la única— que había aprendido de Pilar.

Una mañana, Antonieta y yo fuimos al mercado de Santa Caterina. Pasábamos por la calle de las Arenes de Sant Pere —san Pedro siempre omnipresente— cuando me alertó con un codazo.

—Mira quién viene…

Eran Felip Torrent y su madre.

—Esta mujer debe emperifollarse hasta para ir a la letrina —comentó Antonia, que me agarró fuerte por el brazo. Me sentí protegida.

Nos cruzamos después de intercambiar un «buenos días» con la boca pequeña. Ambos, cada uno a su manera, me desafiaron: ella, con una mirada de desprecio, y él, peor, porque sus ojos me decían que… ya nos volveríamos a ver.

Al cabo de un rato, cuando ya estábamos dentro del mercado, Felip volvió a aparecer. Debía de haber dejado a su madre en algún lugar, quizá en casa, y vino a nuestro encuentro: que, por favor, quería hablar un momento conmigo; con los ojos me daba a entender que sin Antonieta, pero yo no cedí.

—Siento lo que pasó, Regina… No fue con mala voluntad —me dijo en voz baja, con Antonieta al lado, de centinela.

Menos mal.

—Mi madre ha llorado mucho.

Hasta ese momento había representado muy bien el papel de corderito, pero lo arruinó cuando agregó, con un tono de amenaza que no concordaba, que, si había algo que no soportaba, era ver llorar a su madre.

Y pensé en la mía, en mi madre… En cómo me podría haber ido todo si no la hubiera perdido.

6

Yo solo tenía siete años cuando Maria, mi madre, murió por culpa del cólera: un mal que venía de muy lejos, del continente asiático, y que se extendió por todo el mundo y causó estragos. Cuando parecía que la epidemia que tantas vidas se había llevado por delante durante todo el siglo había remitido, la enfermedad se cernió sobre mamá. El agua, el elemento que da vida, también la podía quitar, sobre todo si estaba contaminada, como pasaba a menudo. Lo peor era la ignorancia, pues la mayoría de las personas no sabíamos nada del cólera.

La perdimos de un día para otro, prácticamente. ¡Una persona que siempre había gozado de buena salud! Fue muy repentino. La deshidratación y la descomposición hicieron su trabajo. Estaba muy mareada, pobrecita. ¡Señor, qué náuseas! No paraba de vomitar.

—Mamá, mamá…

Temblaba, tenía calambres y muchos espasmos musculares.

Papá estaba ausente, trabajando. Cuando se marchó a la cerrajería, mamá solo tenía un poco de malestar. Quién lo iba pensar, que «aquello» actuaría tan rápido y de manera tan traicionera…

Ninguno de nosotros hubiera podido prever aquel desenlace; ni siquiera el abuelo Andreu, que había visto y vivido de todo. Sin embargo, cuando mamá empezó a vomitar e ir de vientre sin parar, los ojos del abuelo me alertaron más que el estado de mamá: que no íbamos bien, me decían; que la situación era grave.

—Regina, cariño, ve a casa de Rita —me pidió el abuelo—; que venga enseguida.

Yo no me quería ir de su lado, pero el abuelo no me dejó otra opción.

—Yo cuidaré de mamá, Regina. Venga, ve y no pierdas tiempo —me dijo mientras le acercaba el bacín.

Fui tan rápido como me lo permitían las piernas, que me rozaban el trasero de tanto que corría. Atravesé las calles hasta llegar a la de la Claveguera, una travesía entre Sant Pere Més Baix y la calle Fonollar. Rita era curandera. Había quien decía que sabía tanto como un médico o más. Lo cierto era que tenía mucha experiencia. Todo el vecindario la respetaba mucho.

—¡Rita, corre, ven! Mamá está muy enferma.

Debió de verme el pánico reflejado en la cara, porque, aunque parecía estar ocupada, no se atrevió a decir que no.

Desanduvimos el camino. Rita corría casi como yo, a pesar de que ya tenía una edad.

Nada más cruzar el umbral, me llegó el hedor a muerte. La conocí allí, a la muerte; hasta entonces no había tenido ocasión.

Rita se acercó al lecho de mamá y se inclinó sobre su rostro. Parecía como si estuviera olfateando su aliento angustiado, jadeante.

—Rita, ¿mamá se curará? —imploré, más que pregunté.

No me respondió, no me hizo caso. Yo gimoteaba y el abuelo me abrazó, apartándome un poco.

—Deja que Rita haga su trabajo, Regina.

No quería estorbar, pero no pude evitar insistir.

—Rita, ¿verdad que curarás a mamá?

La mujer me miró de arriba abajo, yo diría que con lástima. Tenía una mirada que te atravesaba. A ello contribuía el hecho de que tenía unos ojos tan grandes que se le salían de la cara. Impresionaba, porque parecía que se le fueran a caer.

—Maria está muy enferma —le dijo al abuelo Andreu. Mamá, mamá…

Yo tenía un nudo tan grande en la garganta que ni siquiera me salían las lágrimas.

Rita quiso ver las cacas que había hecho mamá y que el abuelo, precavidamente, había guardado, así como los orines y los vómitos. Según cómo fueran, ella podía saber qué enfermedad padecía una persona.

—Son blanquecinas —afirmó en voz alta tras observar las deposiciones—. Es cólera.

Aquellas cacas, lechosas como el agua con que se enjuaga el arroz, le decían a Rita que mamá tenía una enfermedad que, con que pronunciaras su nombre, ya te conducía al mundo de los muertos. Sabíamos muy poco de ella, pero sabíamos que era letal.

—Tengo que ir a buscar a mi hijo —dijo el abuelo, cabizbajo y preocupado—. Regina, por favor, haz caso a lo que te diga Rita.

Mamá no paraba de temblar.

—Rita, ¿quién puede curar a mamá? —pregunté, al ver que ella no hacía nada—. Dímelo, que iré a buscarle.

Hubiera ido a donde hiciera falta para encontrar un remedio.

—¿Qué puedo hacer, Rita? ¿Qué puedo hacer? —pregunté, desesperada y llorando.

La curandera se me acercó.

—No llores, que tu mamá se pondrá triste.

Y me miró fijamente con aquellos ojos angustiantes.

—Por ahora, solo podemos hacerle compañía.

Rita no respondía a nada de lo que yo le preguntaba o, en todo caso, no me decía nada de lo que yo quería oír, así que perdí la paciencia. Me trepé a la cama y abracé a mamá para que nadie me la pudiera quitar. Sudaba. Sudábamos.

—Regina, no te acerques tanto, no te vaya a contagiar —me dijo mamá con un hilillo de voz.

¿Contagiar?

No entendía el significado de sus palabras.

—Cuida de papá —me dijo, mientras Rita me apartaba de ella.

Siempre me acordaré de lo que me dijo: que cuidara de papá. Ella debía de saber de su fragilidad, pero en aquel momento no la entendí; no entendía nada. Solo sabía que mi madre se apagaba.

—Tengo sed, mucha sed…

Darle agua, sin embargo, no servía de nada. La debilidad y el aturdimiento iban avanzando. Vi la muerte de frente. Estaba fría. Intuía que pronto estaría helada.

«¡Ladrona, te me llevas a mamá!», grité interiormente.

Tan bonita que era mamá…, alegre, risueña por naturaleza, dientes blancos, cabello rizado de color miel, lo mismo que los ojos…, y qué hermosa cuando bailaba con papá en la plaza.

Maria, estrella resplandeciente, belleza de diosa.

Allí, estirada en la cama, era una sombra de sí misma.

Sueño con ello a menudo. Es un sueño que se repite: me cuesta trabajo cambiarle la ropa y las sábanas sucias, sudadas, empapadas de heces, perfumadas de muerte. Y, una vez acabo, he de volver a empezar.

Papá llegó aturdido, asustado. Cuando entró en la habitación, el abuelo me cogió de la mano y me hizo salir.

Papá quería ir a buscar a un médico que decían que había inventado un medicamento que evitaba que la gente muriera por culpa del cólera.

—No estamos a tiempo, Pere, no estamos a tiempo.

Como papá insistía, Rita le explicó que lo que podía hacer aquel médico, en todo caso, era prevenir la enfermedad, pero que, una vez ya contraída, no había cura posible.

Años más tarde, supe que aquel médico era Jaume Ferran Clua, un ilustre bacteriólogo que descubrió una vacuna contra el cólera. Sin embargo, tuvo muchos detractores que le impidieron aplicarla. En Europa lo aplaudieron, pero aquí fue incomprendido y discutido, más bien.

Mamá no pudo resistir mucho rato más: mejor así, si lo pienso bien, porque dejó de sufrir, pero yo la hubiera querido tener conmigo siempre, aunque fuera estirada en la cama y con aquella peste terrible que la envolvía.

Murió al atardecer. Rita nos dijo que tuviéramos cuidado con el agua que bebíamos, que laváramos bien las verduras y que fuéramos precavidos con el pescado. ¿Qué era lo que había contaminado a mamá? Y nosotros, ¿nos habríamos contaminado, también? La verdad era que eso, en aquel momento, no me importaba en absoluto.

La enterramos en el cementerio del Poblenou, el cementerio del Este, llamado así durante mucho tiempo. Era el cementerio viejo, porque había otro más nuevo en la montaña de Montjuïc. El del Poblenou era antiguo, sí. El abuelo decía que lo habían construido antes de la guerra del Francés.

Los obeliscos gigantes guardianes de la entrada, con dos esculturas frontales, muy tristes, me remitían a un mundo lejano, más distante todavía. Una vez dentro, plataneros, cipreses y palmeras rodeaban dos estanques circulares con fuentes de piedra. Soplaba el viento, un viento de otoño furibundo que despojaba de hojas a los árboles y las esparcía haciendo remolinos juguetones.

El día del entierro no me fijé, pero, en una ocasión posterior, me llamó la atención una figura trabajada con hierro forjado en la reja de la entrada: Proserpina, la diosa de la muerte y de la resurrección.

A veces, el abuelo hablaba de cuando a las personas se las enterraba en el barrio donde habían nacido, alrededor de la iglesia, de un convento. Los cementerios parroquiales desaparecieron y se convirtieron en plazas. Todas ellas nacieron a partir de la disposición de Carlos III, que obligó a sacarlos de las grandes ciudades.

De esta manera, se suprimieron los cementerios que dieron lugar a plazas como la del Pi o como las plazas Sant Just, Sant Miquel, Sant Cugat del Rec y Sant Pere de les Puel·les.

Se me hacía extraño tener a mamá enterrada tan lejos. Por aquel entonces, me parecía que el Poblenou estaba muy alejado, y yo hubiera querido que estuviera enterrada en el barrio de Sant Pere, donde habíamos nacido ambas. ¿Cuándo podría llevarle flores? Eso me preocupaba.

A partir de aquel día me quedé sola con papá, y hoy sé que, también a partir de aquel día, lo empecé a perder. Él también comenzó a morir.

7

Pere Soldevila era el hombre más apuesto del barrio de Sant Pere; alto, delgado, de caminar gentil y gesto afable. Muy trabajador y siempre dispuesto a ayudar: en eso era como su padre, el abuelo Andreu. Era célebre en el Quarter por ser un excelente bailarín. No es de extrañar, pues, que él y mamá se conocieran en una fiesta mayor: la de San Pedro, que, en aquella época, se celebraba mucho más que la de San Juan.

—Es que san Pedro tiene las llaves del cielo: es más importante —le decía yo, muy convencida. Y él me cogía en brazos y dábamos vueltas y más vueltas al son de una tonada que se acababa de inventar.

—¡Eres mi reina, Regina!

Daba gusto verlo hasta cuando volvía a casa sudado y sucio después de la jornada de trabajo. Tengo una imagen de él grabada en la memoria (debía de hacer buen tiempo, porque no llevaba abrigo): la faja roja atada a la cintura, las esparteñas negras, la camisa medio desabrochada, la cruz que siempre llevaba colgada y que se le enredaba en la pelusilla del pecho. ¡Cómo me gustaba jugar con aquella pelusilla, cuando me llevaba en brazos!

Las mujeres lo miraban. Quién sabe si Pilar no se había fijado ya en él.

Papá era consciente de que perder a mamá había sido un golpe muy fuerte para mí y, a pesar del calvario por el que él mismo estaba pasando, hacía todo lo posible para hacerme feliz. Aquellos tres años, antes de que se casara con Pilar, los guardo como un tesoro, porque no había día en el que no encontrara un rato para estar conmigo, para jugar, para contarme historias y para hacer payasadas que enseguida me arrancaban una sonrisa que acababa en carcajadas.

Íbamos a menudo al pasaje Cirici. Yo me trepaba sobre sus hombros y él me llevaba a cuestas, saltando los peldaños de tres en tres. Había gente que lo reñía: que aquello era una imprudencia, que nos haríamos daño los dos... ¡Qué va! Yo confiaba tanto en él que nunca tuve miedo; al contrario: me crecía, literalmente, y me creía la reina del pasaje, sí, o, como mínimo, una princesa.

Una princesa...

Tarongeta era una princesa, pero una princesa sin padre. Tarongineta sí que tenía padre, pues, al final del cuento, cuando la reina malvada pide perdón por las fechorías cometidas, va con su marido. Reunidos todos en un convite, con Tarongineta ya convertida en reina y acompañada del rey y de todos los invitados, acuerdan que muera en la hoguera, quemada viva.

Muchas veces esperé aquel final: alguien que hiciera justicia y acabara con mi madrastra, y que las llamas consumieran su rostro de gárgola.

La iglesia de Sant Pere tiene gárgolas. Me llamaban la atención las de los cuatro evangelistas, de las cuales papá me explicaba qué figura representaba cada una.

El león, san Marcos.

—¿Por qué un león, padre?

—Por la fuerza y la energía con que predicaba.

El águila era san Juan. Me decía que sus escritos eran tan elevados que llegaban tan alto como puede llegar un águila.

—Y el ángel, padre, ¿cómo se llama? ¿Quién es?

—Representa a san Mateo, porque demostró que Jesús fue Dios y hombre al mismo tiempo.

No lo acabé de entender, pero me quedé con la imagen del ángel rezando con las manitas juntas.

El buey era san Lucas, constante y trabajador.

—Como usted, padre.

—Pero yo me llamo Pere y mando sobre todos ellos.

Y nos reíamos a más no poder.

He revivido muchas veces la última verbena de San Pedro y el día que pasamos juntos, él, el abuelo Andreu y yo.

Per Sant Pere, una passa enrere.
Del juny enllà, el dia es comença a escurçar.[1]

Toda Barcelona, a fines de junio, era una fiesta entre santos. Primero, San Juan, y el plato fuerte, San Pedro. Por

[1] «Para San Pedro, un paso atrás. / De junio en adelante, el día se empieza a acortar.» (*N. de la T.*)

San Pedro, me explicaba el abuelo, empezaba el año eclesiástico. Estaba claro: era el santo que llevaba la batuta.

Me entusiasmaba la idea de que aquel día, en cuanto despuntaba el alba, todos los gallos del mundo se ponían a cantar; esa era la creencia popular.

Lo cierto era que los pescadores de Barcelona —y me imagino que los de muchos otros sitios— encendían una hoguera bien grande en la playa, delante de cada barca.

> Les flames del foc de Sant Pere cremen el mal de quimera.[2]

Celebrábamos por todo lo alto; hasta con una feria, cuyo centro se ubicaba en la calle Sant Pere Més Baix.

El abuelo compraba unas cocas completamente planas en forma de pez y de gallo: el pez, para recordar que san Pedro era pescador, y el gallo, en memoria del que cantó cuando el santo negó a Jesús. E íbamos a misa en la iglesia de Sant Pere de les Puel·les. Mientras el mosén predicaba, mis pensamientos se iban al pozo de San Guille, el santo al que se invocaba para hacer entrar hambre. En realidad, era san Guillermo de Bourges, pero eso de «Guille» lo hacía más cercano, más de casa.

Las monjas habían tenido aquel pozo justo en medio del huerto. Tenía el agua más fresca y deleitosa de toda la ciudad, pero me preguntaba también si aquella agua no estaría contaminada.

[2] «Las llamas del fuego de San Pedro queman los males y las preocupaciones.» (*N. de la T.*)

Los del barrio sabíamos que, al lado del pozo, había una mesita donde el hortelano de las monjas vendía cucuruchos de anises e invitaba a beber agua fresca. El brocal del pozo estaba bajo un emparrado. La gente se procuraba el agua con un pozal de cobre fijado por un gancho de hierro al cabo de una cuerda de esparto.

Allí iban los enamorados y los recién casados.

—¿Usted fue con mamá? —le preguntaba a papá.

Y él tenía la santa paciencia de explicármelo por enésima vez.

—Sí, le regalé a tu madre un cucurucho de anises y, entre anís y anís, le propuse matrimonio.

Yo daba palmadas, feliz y risueña, y después íbamos a pasear. Lo que no recuerdo es en qué orden hacíamos todo.

En otros tiempos había sido tradición que, en la víspera de San Pedro, a las doce de la noche, las monjas comendadoras del convento de Jonqueres tocaran a vuelo las campanas para saludar y felicitar a las compañeras de Sant Pere de les Puel·les.

Yo me imaginaba a nuestra Genoveva haciéndolas repicar con ímpetu y con la capa revoloteando, pero bien atada con el broche. Las monjas comendadoras, a su vez, recibían la felicitación el día de san Jaime, su patrono.

—¿Y qué día es, el de santa Genoveva? —preguntaba con interés.

—El 3 de enero, en pleno invierno —me respondía papá.

Pensé que, para el día de su santo, la capa le iría de lo más bien.

Celebrábamos mucho el día de san Pedro, pero, como ya he dicho, en aquel tiempo, a pesar de la pérdida de mamá, papá conseguía que el día menos pensado se convirtiera en una fiesta. Me hacía notar los detalles que se ofrecían ante nuestros ojos: la luz del sol, que era diferente según la hora del día, y cómo cualquier rincón podía verse transformado por las luces y las sombras.

—Fíjate, Regina: mira hacia arriba —me decía, señalando la solera de un balcón, la parte baja sostenida por hierros forjados que acababan de vestir la balconada.

Papá trabajaba en el obrador de la calle del Portal Nou. Sabía elaborar herramientas de todo tipo: cinceles, escarpas, cizallas…, pero, sobre todo, hacía cerraduras, llaves y todo lo relacionado con la seguridad. Un día me llevó con él. El obrador de papá era oscuro; me hacía pensar en la cueva de un dragón. Había hierro por todos los rincones. Las paredes estaban oscurecidas por el humo de la fragua, que estaba encendida todo el día, y los martillazos tronaban constantemente sobre el yunque. Los golpes hacían saltar chispas, pequeñas lucecitas de fuego que se esparcían por el suelo del taller y desaparecían en un decir Jesús.

Recuerdo sus manos, con las yemas de los dedos casi sin huellas dactilares. Por mucho que se las lavara, alrededor de las uñas siempre quedaba algo del hierro que había estado trabajando. Si se daba cuenta de que yo se las miraba, las escondía; era presumido.

Qué diferentes a las manos sudadas de Felip: aquellas manos pulcras, cerúleas, húmedas como las de un anfibio con cuerpo humano que espera paciente, pero con ansia, preparado para lanzarse al ataque en el momento oportuno.

En el obrador, me presentó a uno de sus compañeros, un buen amigo suyo, Genís, que era cuchillero. Los cuchilleros, los que hacían dagas, cuchillos y puñales. Siempre que papá se encontraba con Genís, aunque fuera en plena calle, entonaban esta cantinela, surgida de una obra de teatro:

Esmola que esmola, fes dagues, daguer,
fes dagues que passin les malles d'acer.[3]

Pere Soldevila, sonrisa eterna, alma escogida.

Tenía mucha vitalidad, mi padre. Cuando mamá aún vivía, celebraban cualquier festividad. Cuando pasaban músicos ambulantes por la calle, eran los primeros en bajar.

—¡Vamos, Maria, que tenemos que ir a mover las caderas!

Se congregaba mucha gente del barrio, porque los bailes populares generaban interés y tenían muchos seguidores. Y uno le enseñaba al otro y, cuando venía alguien de fuera, se sumaba una nueva danza: como cuando vino un grupito de Sabadell, que les enseñó el baile de la bola; o aquellos de Reus, que mostraron cómo bailaban la danza de los aros…

[3] «Afila que afila, haz dagas, cuchillero, / haz dagas que atraviesen las mallas de acero.» (*N. de la T.*)

A mí me encantaba el baile de gitanas, que se hacía alrededor de unas cintas que cada uno cogía por la punta y, según qué paso hacíamos, se formaban trenzas o cordones.

Papá y mamá lo bailaban todo: el baile de parejas, que dominaban especialmente, las mojigangas, los contrapasos, el baile de cascabeles… ¡Qué alegría, cuando los veía vestidos para aquel baile! Papá con las perneras cubiertas de campanillas y mamá con la falda salpicada de pequeños cascabeles tintineantes.

A menudo, yo me quedaba con el abuelo Andreu, pero algunas veces los acompañábamos, y ellos perdían la noción del tiempo.

—Es muy tarde para esta criatura… —se quejaba mamá.

—Venga, Maria, ¡que solo se vive una vez!

Papá debió de ilusionarse un poco, claro está, cuando se casó con Pilar. Ella también era buena bailarina y estoy segura de que aquello hizo que se enredara con ella. Sin embargo, en cuanto se convirtió en su esposa y lo tuvo bien atado, se acabó el baileto.

8

Yo tenía diez años cuando tuvo lugar la Exposición Universal y, como todas las personas de mi entorno, estaba entusiasmada con aquel acontecimiento que decían que iba a comportar tantas ventajas para la ciudad.

En aquel entonces, el alcalde era Francesc Rius i Taulet, pero detrás de la Exposición había un montón de nombres que poco me decían. La idea había sido del empresario Eugenio Serrano, decía el abuelo, y se habían sumado con entusiasmo otros empresarios y personalidades, como Manuel Girona, Jacint Verdaguer, el marqués de Comillas y Elies Rogent, que se encargó de dirigir las obras. Todo olía a éxito y se decía que nuestro Quarter también se beneficiaría.

En el pasaje, todo el mundo hablaba de la Exposición y cada cual aportaba lo que sabía o lo que había oído decir sobre la gran fiesta de la ciudad. Con Rosita y Vicenç, mientras jugábamos al escondite, hablábamos de las cosas nuevas que veríamos allí; todas ellas de lo más espectaculares, seguro.

No, por aquel entonces, papá aún no se había casado con Pilar.

En Sant Pere, toda la vida había vivido gente ilustre: gente con palacios y casonas góticas que resistieron hasta que se abrió la Via Laietana. El Quarter, aún en aquellos tiempos, conservaba su antigua categoría, si bien no tenía el prestigio de barrios como la Mercè o la Ribera.

Me esforzaba, porque quería saber de todo, pero me costaba retener en la memoria todas las maravillas prometidas por el progreso. Las nuevas vías de arrabales, por ejemplo, se empedraban teniendo en cuenta el valor de la propiedad. El precio del empedrado se repartía a prorrata según la fachada de cada casa. Si los propietarios eran pobres e insolventes, era la ciudad la que se encargaba de pagar sus cuotas.

La Exposición se inauguró el 22 de abril del año 1888. Yo fui con papá y el abuelo Andreu. No había visto nunca tanta gente aglomerada y señoras tan bien vestidas, aunque hay que decir que, hasta entonces, no había salido mucho del Quarter. Me impresionó ver el Arc de Triomf, que era la puerta de entrada a la Exposición. El abuelo decía que aquel arco no era de carácter militar, sino civil, una explicación que yo no entendí, pero sobre la que tampoco me atreví a preguntar.

Barcelona estaba patas arriba. Había voluntad de ordenarla, eso sí. En tiempos pretéritos, la ciudad se había ido poblando sin orden ni concierto, encorsetada por las murallas, y la Exposición prometía un punto y aparte en este sentido.

—La Exposición ayudará a terminar las obras y las reformas —dijo papá.

—Me parece que yo no llegaré a verlo —comentó el abuelo con ironía.

Desafortunadamente, ninguno de los dos llegaría.

El recinto de la Exposición se extendía por el parque de la Ciutadella y una parte de la estación de Francia y llegaba hasta la Barceloneta. El abuelo Andreu se alegraba mucho de que se hubiera derrocado la fortaleza de la Ciutadella para ubicar allí la Exposición.

—Una vergüenza para nuestra ciudad, una fortaleza destinada a vigilar a los ciudadanos en lugar de defenderlos.

Hablaba a menudo de aquella construcción que, en su momento, había ocupado el espacio del antiguo convento de Santa Clara. Las pobres clarisas no tuvieron a donde ir y muchas tuvieron que regresar con sus familias, hasta que el rey Felipe V les concedió una parte del Palau Reial, en la plaza del Rei.

—¡Oh, menudo castillo! —exclamé, señalando un edificio recién construido.

Ellos se rieron de mi ocurrencia, pero razón no me faltaba, porque aquella edificación modernista, realizada por Lluís Domènech i Montaner, tenía toda la apariencia de un castillo de reminiscencias medievales. No en vano lo llamaban el Castillo de los Tres Dragones.

¿Sería así el castillo de Tarongeta?

Quería pensar que sí.

La idea era que aquel castillo fuera el principal café restaurante de la Exposición, pero aún tardó en poderse abrir, pues los interiores estaban inacabados. ¡Se hicieron un montón de nuevas construcciones! El paseo de Colom, un nuevo muelle, el Gran Hotel Internacional en un terreno ganado al mar, el Palau de Belles Arts, el monumento a Colón, el mercado del Born...

Yo me entusiasmé con Las Golondrinas. Ya hacía cuatro años que estaban —fue idea de un indiano—, pero todavía no las había visto.

—Vayamos, por favor. ¡Quiero subir! —reclamaba.

Y no sabían decirme que no. No pudimos hacerlo todo en un día, claro, pero, en cuanto fue posible, me llevaron. Aquellas embarcaciones salían del Portal de la Pau y llegaban hasta donde están ahora los baños de Sant Sebastià. Hoy nadie se acuerda, pero, unos años más tarde, un barco de la tabaquera chocó con una Golondrina y provocó una tragedia.

Nunca había visto el mar de cerca. Parecía mentira: tan próximo y tan desconocido que me resultaba...; ¡como si me hubiera ido a las islas de ultramar!

—Mira recto al horizonte que, si no, te marearás —me aconsejaba papá.

En vez de marearme, me quedé embelesada con el movimiento de las olas. Me infundían respeto, sí, incluso un poco de miedo, pero disfrutaba del vaivén, de la blancura de las crestas de espuma y de la salobridad que se nos enganchaba en la cara. Y no sé por qué, pero pensé en san Pedro el Pescador.

Vivencias felices, de aquellas que guardo en un estuche interior, un rincón en el que busco cobijo cuando la tristeza o las circunstancias me superan. A los diez años, tuve la oportunidad de conocer una ciudad orgullosa de sí misma, con voluntad de progreso y de modernidad; una ciudad que estrenaba luz eléctrica; que, poco a poco, iría dejando atrás las sombras de la noche. Ahora, las personas podían alargar el día, disfrutar de más horas, vivir más.

Vivir más, de eso se trataba.

La ciudad crecía, avanzaba a pasos agigantados, y aparecían nuevos teatros: el Bon Retir, el Circ Eqüestre, El Dorado... Yo aún no sabía hasta qué punto el teatro se convertiría en mi refugio y mi vía de escape. Y fueron los años de esplendor de los cafés: la Maison Dorée, el Colón, la Lluna, el Suís... La ciudad se transformaba.

Fue entonces cuando papá se casó con Pilar Anglada; concretamente, el año siguiente a la Exposición.

Pilar, un nombre que implica apoyo, amparo, protección. No le podrían haber puesto un nombre menos apropiado.

El abuelo Andreu me advirtió:

—Procura no hacerla enfadar, Regina, que Pilar tiene poca correa. No le des el más mínimo motivo.

Pobre de mí, como si yo quisiera hacerla enojar... Nada más conocernos, ya supimos que no congeniaríamos. Empezamos a tomarnos las medidas, pero pasamos un tiempo en relativa paz. Yo hacía caso al abuelo, evidentemente, y no tenía ninguna intención de irritarla.

—Y usted, abuelo, ¿qué opina de Pilar?

—Que tu padre no ha estado acertado.

Aquello me sublevaba.

—¿Y por qué no se lo ha dicho?

—Lo hice. Le dije que esta mujer no le convenía, pero tu padre está convencido de que será bueno para ti que tengas una «madre».

—No hace falta —dije—; para mí es suficiente con usted y con papá.

—Pero él eso no lo sabe, Regina…

Estuve a punto de hablar con papá, de decirle que no lo hiciera por mí, pero no me animé. Procuré aferrarme a la parte positiva. Me gustaba que Pilar tuviera a Miquelet, que llevaba el nombre de un arcángel, un ángel de categoría. Él, que hubiera podido ser un motivo de rechazo para mí, pues me hacía perder mi hegemonía de heredera, era lo único que me acercaba a mi madrastra.

Cenicienta, Blancanieves… ¿Qué debisteis pensar cuando vuestro padre se casó? En los cuentos no se explican los sentimientos de las niñas, pero, para mí, era importante su punto de vista.

El abuelo fumaba en pipa y, cuando tenía que decir algo importante, tomaba impulso dando unas caladas ceremoniales. Aquel día, había una buena humareda en la habitación y estábamos él y yo solos:

—Regina, no bajes nunca la guardia; ni con Pilar ni con nadie. Cuando te fías es cuando pierdes pie y otro te da caza.

Y fue entonces cuando me recomendó que, si alguna vez me veía en un apuro, pidiera ayuda a la familia Sert.

SEGUNDO TRAMO

9

Cuando cumplió dieciocho años, Josep Maria se puso a trabajar en la fábrica de la familia. Menos mal que había encontrado un espacio para él, el del diseño, porque no hubiera podido vivir sin dibujar. De todas formas, yo tenía claro que no se quedaría en la fábrica, y él seguro que también.

Se había convertido en un muchacho robusto: nada que ver con aquel niño de aspecto canijo y desvalido que había sido de pequeño. En una ocasión, le expliqué que, con Rosita y Vicenç, lo llamábamos el Enclenque.

—No sabíamos tu nombre…

Josep Maria me corrigió:

—Tú sí que me llamabas Enclenque, pero Rosita y Vicenç me decían el Mimado.

—¿Cómo lo sabes? —pregunté, desconcertada.

—Porque os oía, Regina. ¿Te crees que era sordo? No tenía otra cosa que hacer que pescar conversaciones, mientras vosotros jugabais, ajenos a mi existencia…

—Oh, no digas eso, que tú y yo sí que jugábamos, a escondidas.

—Es verdad, y te estaba muy agradecido; pero yo, la mayor parte del tiempo, era una especie de fantasma que se entretenía observando tras los cortinajes de los balcones y las ventanas.

Era enfermizo por naturaleza y había ido sufriendo dolencias. Cuando no podía asistir a clase —en los Jesuitas—, iba a su casa un profesor particular. También tenía un profesor de gimnasia para él solo. Por suerte, las grandes epidemias se apiadaron de él. Un día se rompió la clavícula derecha al caer por la escalera, y también de esa salió bien parado:

—Gracias a eso, puedo dibujar con las dos manos, Regina. Hasta aquel momento, la mano izquierda solo me había servido para acompañar a la derecha.

Un día, mientras yo trajinaba en el comedor, me sorprendió con una propuesta:

—Me gustaría dibujarte… ¿Me lo permites?

—¿A mí, señorito?

¿Qué decía? ¿Dibujarme? ¿A mí?

—Sí, a ti. Y ya te he dicho que no me digas «señorito».

—Tengo que limpiar la plata —dije señalando el juego de té que había en la bandeja, sobre la mesa.

—No te preocupes por eso, que, si alguien pregunta, diré que he sido yo quien te ha entretenido.

Instintivamente, me puse en la situación en la que imaginaba a todas las mujeres retratadas: liberé un rizo de debajo de la cofia e hice ademán de sacarme el delantal, pero él me interrumpió.

—No, por favor, quédate como estás.

¿Quería dibujar a una criada? A mí me hubiera gustado que me pintara vestida de princesa, pero menudas ideas.

Me vino a la mente Tarongeta. También le había tocado hacer de sirvienta cuando se escondió en casa de los trece ogros.

Como lo tenía delante y no tenía otra cosa que hacer, lo iba observando. Sentía mucha curiosidad por él; supongo que se me notaba a la legua. Josep Maria aún tenía pelo, pero se notaba que pronto se quedaría calvo. No obstante, eso no le quitaba encanto. Tenía un no sé qué que lo hacía muy atractivo, y yo me lo miraba embelesada. Debió de darse cuenta, porque dibujó una sonrisa satisfecha, una sonrisa que he ido interpretando *a posteriori*, pero que no supe definir entonces. Josep Maria era cuatro años mayor que yo; me llevaba unas cuantas sonrisas de ventaja.

—Espera, que esto hay que hacerlo bien. Vuelvo enseguida. No te vayas, ¿eh?

Y me guiñó un ojo.

Me imaginé que iría a buscar material de dibujo.

Mientras tanto, cogí una taza, le tiré un poquito de la ceniza que Antonieta me había dado en un frasco de hojalata y, con un trapo, me puse a limpiarla. A veces limpiaba la plata con el líquido de cocción de las patatas, pero quedaba más brillante con la ceniza.

Volvió a aparecer con un caballete, papel, carbón de aquel para dibujar, pinturas… Al cabo de un tiempo, cuando ya se dedicó a ello por completo, Josep Maria dejó de usar caballetes: le quedaban pequeños, decía. Los menospreciaba. Él era de espacios inmensos, de paredes grandes, inacabables.

—Eres muy bonita, Regina.

Me puse colorada. Y me pareció que el piropo llevaba incorporada una sombra: iba dirigido un poco a mí, sí, pero, sobre todo, al resultado que podía obtener. El piropo era para mi retrato, principalmente.

Por otra parte, siempre que oía decir que algo era bonito, me acordaba de Genoveva. Me hubiera gustado que Josep Maria me dibujara con una capa como las de las monjas casaderas y con el broche que me había legado mamá. Ya lo tenía en casa de los Sert, por aquel entonces. Allí estaba seguro.

Seguridad a él le sobraba, cuando se ponía a dibujar. Ya se intuía el artista que sería; había dejado muestras de talento sorprendentemente prematuras y se jactaba de ello. Recordamos el diorama que hizo para la Exposición Internacional de 1888, cuando solo tenía catorce años. Los dioramas, los panoramas…, los precursores de los cines. Josep Maria escenificó la batalla de Waterloo, que se podía ver en la plaza Catalunya.

Al cabo de un rato, la señora Maria entró en la habitación. Cuando vio que su hijo me estaba dibujando, se quedó un poco confundida, pero me sonrió.

—Madre, no he podido resistirme a dibujarla —exclamó con entusiasmo—. Venga, ¡acérquese a ver el dibujo!

Yo los contemplaba a ambos muy intrigada.

—Madre, ¡no me diga que no es bonita!

De nuevo aquel piropo con sombra.

—Ya lo creo —dijo la señora Maria—. Me gusta especialmente el gesto de las manos.

Me las miré de reojo: no lucían muy bien, manchadas de ceniza. Sin embargo, él debía de ver más allá, porque Josep Maria siempre veía algo más. Me moría por ver qué percibía en mí.

—Después seguiré limpiando la plata —me disculpé.

—No te preocupes —dijo la señora Maria—, que ya sé que eres responsable. Veo que le has despertado la inspiración a mi hijo. No tengáis prisa.

Mientras Josep Maria fuera a la fábrica, sus padres dejaban que se dedicara a las artes. Iba a la Llotja y recibía clases de Pere Borrell, que pertenecía a la escuela nazarena catalana, y de Alexandre de Riquer, uno de los hombres más eminentes de la ciudad: una figura del modernismo. Eso lo sabía porque me lo explicaba él, claro.

A veces parecía que me leyera el pensamiento.

—¿Sabes? No me gusta tener maestros, y no me malinterpretes. No es que no quiera que me enseñen, sino que pienso que un maestro puede cortarte las alas y también quitarte la libertad.

Yo lo escuchaba fascinada, pues, cuando hablaba de su arte, era un placer cómo se expresaba. Además, se animaba a continuar la conversación por otros derroteros. De repente, te sorprendía con algo desconcertante o a lo que no sabías cómo responder:

—¿Estás bien en casa?

—Sí…

En aquel momento me puse roja como un tomate. Con aquella pregunta tomé conciencia de que Pilar ya no me daba miedo y Felip tampoco. Bueno, un poco quizá sí, pero ya no era aquel pánico que se apoderaba de mí cuando tenía que salir de casa. Josep Maria me había ayudado mucho a superar aquel sufrimiento; a veces, incluso, me había acompañado.

Que yo le gustaba al señorito no lo dudaba, pero pronto entendí también —y eso fue una suerte para mí— que no podría ser la única que le gustara. Como hubiera dicho el abuelo, aquel muchacho era volátil como una mariposa; buen chico, sí, pero tenía ojos para todas.

«Deja de pensar en él —me decía a mí misma—, sé realista.» Lo tenía claro, pero aquello no era una ciencia exacta.

Había pasado un rato y yo iba observando la plata y la faena que me quedaría para después.

—Va, ven, ahora sí que te puedes ver —me dijo, sacándome de mi ensimismamiento.

Me acerqué con una mezcla de curiosidad y pesadumbre, como si tuviera miedo de descubrir cómo me había plasmado.

No me lo podía creer…

¡Una Virgen María con una rosa entre las manos!

—La delicadeza con la que sostienes esta taza —dijo, señalando la que estaba limpiando— me ha dado la idea.

Me sentí honrada.

Josep Maria era muy religioso. El hecho de que hubiera ido a los Jesuitas debía de haber influido, pero había algo interior, personal, propio y muy espiritual que lo acercaba a Dios de una manera natural. No me extrañó en absoluto que el obispo Torras i Bages, años más tarde, le encargara pintar la techumbre y los murales de la catedral de Vic. No podría haber encontrado a nadie más indicado.

Josep Maria, tan místico y tan mundano al mismo tiempo, tan elevado y tan cercano.

Y entonces me sorprendió con un gesto que jamás olvidaré.

—Venga, que te ayudaré y entre los dos acabaremos antes.

Y se puso a limpiar las tazas de plata con una sorprendente habilidad de experto.

—¿Qué hay? ¿Qué pasa? —preguntó, sonriente—. ¿Tan raro es que yo sepa limpiar? Así mi madre no podrá decir que te he estorbado.

—No pasa nada; al contrario —respondí—: Antonieta quedará encantada.

Nos reímos juntos, y hubiera deseado que aquel juego de té que había que limpiar no se acabara nunca.

10

Quien se enamoró realmente de mí fue Vicenç.

Me costó darme cuenta de que siempre hacía todo lo posible para estar a mi lado, de que se hacía el encontradizo, alargaba las conversaciones, me acompañaba a los sitios sin motivo aparente...

Rosita, en cambio, lo veía clarísimo.

—A Vicenç le gustas mucho. Cualquier día de estos se te declara.

No dije nada. Mi silencio ya lo decía todo. Yo, a Vicenç, lo quería como lo que era, un buen amigo, y que se le hubiera metido aquello en la cabeza me dolía en el alma. Rosita siempre venía con recados: «De parte de Vicenç, que te diga...»; «Vicenç dice que a ver si...».

—Y tú, Regina, ¿qué dices? —me preguntaba ella—. ¿Te gusta Vicenç?

Cuando Rosita me hizo esta pregunta directamente, estábamos en su casa, en su habitación. Iba a menudo. Sus padres me querían, y yo a ellos. Eran como los tíos que nunca había tenido. La madre de Rosita, que se llamaba Rosa, por supuesto, había hecho unos fideos a la cazuela que estaban para chuparse los dedos. Casi siempre que iba, hacía fideos, pues sabía que me encantaban.

—Están buenísimos, señora Rosa.

—Ya sabes que los compro siempre en la casa Quer, que nunca fallan.

La casa Quer, cerca del mercado de Santa Caterina. Era nuestra ceremonia: yo decía que los fideos estaban buenísimos y la señora Rosa se restaba mérito diciendo que eran de la casa Quer.

Rosita estaba impaciente por llevarme con ella y hacernos confidencias y se apresuró más que nunca a sacar la mesa.

—Entonces, ¿qué? —insistió, un poco mosqueada.

La miré a los ojos.

—Ya sabes la respuesta, Rosita. Calabazas. Y créeme que me duelen.

—Quizá porque siempre lo has visto como un amigo; pero, si lo miraras con otros ojos, quizá podrías verlo como un prometido…

Ni hablar. Aunque me hubiera esforzado, no me lo podría ni imaginar.

Vicenç, carácter vivaz, talante inquieto, genio sincero.

Rosita insistía como si aquello la afectara directamente. Seguro que Vicenç le había pedido que hiciera de intermediaria, que le hiciera propaganda, porque ella me iba hablando de las ventajas que podía tener estar con Vicenç, un chico tan trabajador, tan honesto y con sentido del humor…

—Nunca te aburrirás, con él.

En eso tenía razón: el sentido del humor de nuestro amigo era genial. Y sobre que fuera trabajador y honesto…, nada que objetar: en la panadería donde trabajaba, todo el mundo lo tenía en gran consideración. Tanta insistencia, sin embargo, me obligó a ser muy clara.

—Rosita, ya sabes que no sé fingir ni disimular, y esta conversación puede acabar mal, porque me estás haciendo enfadar.

—Solo te pido que hagas el esfuerzo de mirarlo con otros ojos.

«Basta, Rosita, ya es suficiente.»

—¿Esfuerzo? ¿Y por qué tendría que hacer ese esfuerzo en contra de mi voluntad? Tú lo que quieres es que me deje querer, a ver si con el tiempo me acostumbro, ¿verdad?

Rosita agachó la cabeza, como una niña pequeña que acaba de ser sorprendida haciendo una travesura. Era lo que quería, sí. Pues yo no.

—Venga, vamos, no vaya a ser que lleguemos tarde a la función —dije, levantándome y dando por terminada aquella conversación que no nos aportaba nada.

Nos dirigimos a la calle Mònec, al centro de Sant Pere Apòstol, el que sería el precedente del Orfeó Català. Hacía muy poco que se había creado aquel centro: apenas un año. Surgió de una necesidad social: debía ser un punto de encuentro cultural, cívico y de recreación para quienes no se podían permitir más estudios o pagar una entrada para los teatros de verdad. La vocación principal del centro era aportar formación a los niños que trabajaban en las fábricas y en los tejares; ofrecer un servicio a los jóvenes que, como Rosita, Vicenç y yo, enseguida nos veíamos abocados a trabajar y no podíamos plantearnos elegir un camino propio. También tenía como objetivo la formación religiosa, claro está, no solo dirigida a niños y jóvenes, sino también a las familias, a través de escuelas diurnas y nocturnas, catequesis y esparcimiento, salidas culturales al cine o al teatro. El centro de Sant Pere Apòstol era, en definitiva, un punto de encuentro y recreo, y todos íbamos allí.

Aquella tarde de domingo fuimos a ver una obra de teatro de aficionados. Era una comedia de Frederic Soler, *Una sabateta al balcó*, que ya se había estrenado en el Teatre Romea. Me gustaba que fuera en verso, porque de ese modo podías seguir la melodía y era más fácil aprendérsela de memoria; como *El ferrer de tall*, que papá y Genís recitaban con placer.

En cuanto nos vio, Vicenç corrió a sentarse a mi lado con una sonrisa de oreja a oreja. Se le marcaban dos hoyuelos en las mejillas que le daban un aire travieso. Las pecas también contribuían. Vicenç era un poco pelirrojo y tenía una mata de pelo muy espesa.

Por muchas vueltas que le dé, estoy segura de que nunca le di pie para que se hiciera ilusiones, pero la obsesión de Vicenç era auténtica y, cuanto más marcaba yo las distancias, más atenciones me prodigaba.

Se me cayó el alma a los pies cuando vi que al centro también había venido Pilar. Eso no me lo esperaba. Sabía que le gustaba el teatro, pero ella era de ese tipo de personas que, cuando algo es de su agrado, no lo dicen, no vaya a ser que los demás descubran su debilidad.

Miquelet estaba a su lado y tenía mala cara; más que de costumbre, pobrecito mío.

Al acabar la función, nos acercamos a ellos, con Rosita y Vicenç. Vicenç había asumido el papel de protector, sacando pecho como un caballero de novela, pero Pilar nos ignoraba; hasta que Miquelet se emocionó al vernos y se me colgó del cuello con su brazo bueno.

—Degina, Degina…

Ella entonces lo apartó y se lo llevó, refunfuñando.

Estas representaciones teatrales, además de ser un punto de encuentro de amigos y vecinos, nos abrían un poco la mente. Vicenç, Rosita y yo teníamos poco bagaje, y el centro de Sant Pere Apòstol nos mostraba que había otras cosas, aparte de vender verduras, hacer la masa del pan o limpiar la plata. Fue la mejor escuela que tuvimos, vaya.

La escuela…

Uno de los recuerdos más agradables que conservo del poco tiempo que fui no tiene nada que ver con el colegio: es el hecho de cruzar el pasaje. A la ida, había muchos puestos que estaban aún cerrados, pero podías oír cómo nacía el rumor matutino. Los olores a comida se mezclaban y el del café destacaba por encima de todos.

Hacía el trayecto con Rosita y eso implicaba un divertimento agregado. Los primeros días nos acompañaron el abuelo y Rosa, porque mis padres tenían que trabajar, pero enseguida nos dejaron hacer el camino solas; eso sí, con un montón de instrucciones que nos repetían un día sí y otro también, todo hay que decirlo.

Las monjas de la escuela eran las de la Enseñanza de la Compañía de María, que era pública. En casa no se podían permitir llevarme a una escuela de pago, y en el caso de Rosita tampoco. En casa de Vicenç, todavía menos. Él, sin embargo, tuvo la suerte de que en los Hermanos de La Salle acogían a algunos niños. Además, Vicenç no podía ir cada día, porque un par de días a la semana tenía que ayudar a sus padres en la panadería.

Atravesar el pasaje y acceder a la Barcelona nueva era entrar en otro mundo. Las monjas de la Enseñanza estaban en la calle Aragó, cerca de lo que después sería la Via Laietana. Allí todo cambiaba; no solo los edificios nuevos o las calles más anchas: también los ruidos, los olores, el trajinar de la gente. Cuando nos acercábamos a la escuela de los Jesuitas, donde estudiaban los chicos de buena casa como Josep Maria, de buena mañana veíamos el ajetreo bullicioso de algodoneros, laneros y sederos cargados de madejas de hilo y piezas de tejido, yendo arriba y abajo con las carretillas. El ruido que hacían era diferente al de los que pasaban por Sant Pere Més Alt, y nos llamaba mucho la atención.

Hay que decir que nuestras monjas, que no tenían la categoría de las comendadoras —yo lo interpretaba así, al menos—, eran muy buenas enseñando. Hacía siglos que lo hacían. Se ve que fueron de las primeras que se dedicaron a la enseñanza. La escuela de las monjas de la Enseñanza no quedaba lejos de la iglesia de la Concepció, a donde trasladaron la iglesia y el claustro del antiguo convento del monasterio de Jonqueres, el de

Genoveva. Esta circunstancia hacía que fuera con más ganas. No pude ir mucho, pero hay que ver todo lo que aprendí allí.

Las monjas de la Enseñanza no se casaban. Un día estuve a punto de preguntárselo a una de las hermanas, pero un sexto sentido que de vez en cuando me funcionaba me avisó de que no era oportuno hacerlo.

A la vuelta, por la tarde, Rosita y yo nos encontrábamos a menudo con Vicenç. A veces subía un tramo para venir a nuestro encuentro, solo o con compañeros de su escuela. Rosita y yo éramos guapas y me imagino que a Vicenç le gustaba presumir de que fuéramos amigas suyas.

Durante mucho tiempo, estuve convencida de que quien le gustaba a Vicenç era Rosita. «Están hechos el uno para el otro», pensaba. Los dos corrían como balas cuando jugaban a perseguirse, mientras que yo era más bien una tortuga. ¿Quién le mandaba encapricharse conmigo y no con ella?

No es que Vicenç me pareciera mal chico —ya lo he dicho—, pero me gustaba más Josep Maria, oye. Por mucho que tuviera claro que no era de mi misma clase social, el pequeño de los Sert me hacía más gracia.

11

Rosita hacía rato que me buscaba.

Después de dar vueltas por todo el barrio, me encontró en casa de la planchadora, la del pasaje Sant Benet (no todo se lo llevaba san Pedro, por mucho que llevara la batuta). El de san Benito no tenía nada que ver con mi pasaje ni con el de los Sert. Estaba al aire libre, era bien estrecho y tenía una particularidad curiosa, y es que formaba un ángulo recto, como si, mientras lo construían, se hubieran dado cuenta de que les estaba quedando una calle demasiado corta y la hubieran querido alargar un poco.

No iba mucho a la planchadora de Sant Benet, porque los Sert ya tenían una, pero a veces, si se acumulaba el trabajo, me enviaban allí.

Aquel día, cuando salía del establecimiento, embriagada aún por el olor de la ropa limpia y recién planchada, Rosita se me plantó delante. Resoplaba; debía de haber venido corriendo.

—Antonieta me ha dicho que te encontraría aquí…

—¡Qué prisas, chica! ¡Ni que te persiguiera el diablo!

Me coloqué bien en el brazo la carga que llevaba: un par de colchas con volantes y encaje de la señorita Dolors y la señorita Carme.

—¿Quieres que te ayude? —me dijo Rosita.

—No hace falta, gracias… Te noto nerviosa. ¿Qué pasa?

Antes de que abriera la boca, ya intuí que me hablaría de Vicenç. Hacía apenas dos días me había pedido que me casara con él y yo le había respondido que no; que no podía, que no lo haría feliz. Pasé un muy mal rato y me imagino que para él fue todavía peor.

—Me ha dicho que tiene que hablar contigo —me dijo Rosita—. Y que no te preocupes, que será la última vez.

Ese tipo de cosas me hacían enfadar. ¿Por qué tenía que usar a Rosita de correo?

—Lo está pasando muy mal, Regina…

—Claro, y a mí me divierte…

—Nadie ha dicho eso.

E hizo aquel gesto tan suyo de apretar los labios y torcer la boca.

Rosita, generosidad, transparencia. La mejor amiga.

—Me tenéis un poco harta los dos —refunfuñó—. Ya le he dicho que, por mi parte, también era la última vez… Ya os apañaréis.

—Pues venga —le pedí—: acaba el trabajo y dime lo que has venido a decirme, en vez de reñirme.

—Que te esperará en la puerta de la iglesia de Sant Pere.

—¿Cuándo?

—Él ya está allí.

—Pero es que… ¡yo tengo que ir a casa a dejar las colchas!

Me dijo que de acuerdo y que ya se encargaba ella —último mensaje que transmitía, dejó claro— de decirle que yo iría en cuanto pudiera.

Por el camino, iba rumiando si Antonieta me daría permiso, pero, como a ella le gustaba Vicenç —siempre me decía que era ideal para mí—, confiaba en que me diría que sí.

Pensaba también en Rosita y en el hecho de que a ella sí que le gustaba Vicenç. Eso hacía aún más triste su papel de mensajera. Cupido era un pequeño dios caprichoso que disparaba sus flechas al tuntún; un enredador con pinta de angelito.

Cuando llegué, me encontré a Vicenç sentado en los escalones de la entrada de la iglesia, con la Torre dels Ocells detrás y el campanario haciéndole compañía. Tenía mala cara; cara de pocos amigos. Se puso de pie y se me acercó, con las manos en los bolsillos del pantalón, fingiendo desinterés.

—Hola, Vicenç…

Y, casi sin saludarme —solo hizo un gesto con la cabeza—, me soltó una especie de sermón: que ya lo sabía, que yo no tenía ninguna culpa, que con estas cosas del corazón no se puede hacer nada, que, si yo no lo quería, qué se le va a hacer, pero que la situación le hacía daño, mucho daño. Y que me lo decía allí, frente a la imagen de san Pedro del tímpano de la fachada, para que fuera testigo, y que el santo sabía bien que se quería casar conmigo y, además, delante de la iglesia que tenía dedicada en Barcelona.

Era eso. Quería a san Pedro por testigo.

«Por el amor de Dios, Vicenç…»

—Ya está, Regina, ya te lo he dicho. Y, por todo ello, será mejor que no nos veamos más.

¿Qué?

—¿Pero por qué? Una cosa no quita la otra, hombre… Somos amigos de toda la vida. ¿Qué haremos ahora Rosita y yo?

—A ella sí que la seguiré viendo.

Aquel papelón de Vicenç me estaba sacando de quicio, pero pensé en mi amiga.

—Y harás bien, porque ella…

—¿Ella qué?

Quizá debería haberme mordido la lengua, pero ya estaba hecho.

—¡Que a ella sí que le gustas!

Vicenç parecía sorprendido.

—No sabemos darnos cuenta de aquello que no nos interesa, ¿eh? —le espeté.

—Yo nunca le he dado pie para que piense…

No dije nada. Que reflexionara.

—¿Y todo lo que hemos pasado juntos, Vicenç? —pregunté—. Los juegos, las carreras por el pasaje, el escondrijo, nuestros secretos…

—Todo eso está muy bien y me alegro de haberlo vivido, pero hasta aquí hemos llegado. Será mejor que pasemos página, Regina. Tú solo tienes ojos para el niño mimado.

Me quedé de piedra. Claro, era eso.

¿Tanto se me notaba?

—Nunca he pensado que el chico Sert y yo... Él es un señorito. ¿Cómo quieres que se me pase por la cabeza?

Tenía los ojos empañados de resentimiento.

—En cuanto tienes la oportunidad, no haces otra cosa que hablar de él —continuó—: que si Josep Maria esto, que si Josep Maria aquello; que si dice esto, que si opina lo otro...

Vicenç estaba resentido y enfadado.

—Una de dos: o te lo quitas de la cabeza o te mandará a paseo, porque...

No lo dejé continuar. Vaya una a saber qué disparate me hubiera soltado.

—Pues que sepas que se irá —aclaré—. Hace tiempo que tiene pensado irse a París, y yo no voy a ir...

—Ya, pero de momento está aquí...

Tenía que reconocer que sí, que me gustaría ir a París, pero no quería hacerle más daño a Vicenç; era mi amigo, al fin y al cabo.

—También quiero que sepas —continuó— que, a pesar de todo, si algún día me necesitas, ya sabes dónde encontrarme, porque yo seguiré aquí, en nuestro barrio. No se me ha perdido nada en París.

Y nos despedimos con un adiós pronunciado entre dientes, heridos, enfadados, cada uno por sus propias razones.

Abusé de la confianza que me tenía Antonieta y me tomé un rato para ir a dar una vuelta, para estar a solas conmigo misma y reconducir mis sentimientos. Me dirigí al pasaje Cirici, mi refugio. Me planté delante del escondrijo, sin entrar, solo para despedirme, como si no fuéramos a vernos más. Aquel escondrijo era nuestro, y «nuestro» quería decir de los tres: de Rosita, de Vicenç y mío. ¿Volveríamos allí juntos algún día?

Si aquellas paredes hablaran, ¿qué dirían? Que, tiempo atrás, una niña, la Tarongeta de Sant Pere Més Alt, había huido de una mujer malévola y de un hijo pervertido.

No me había olvidado de los Torrent. Aunque lo hubiera querido, habría sido difícil, porque vivíamos en el mismo barrio y, de alguna manera u otra, me llegaban noticias. Se ve que, no hacía mucho, habían tenido una criada; casi una niña, como yo entonces. La gente decía que había sido una obra de caridad, que la habían sacado del hospicio. Lo decían porque Palmira les había dicho lo que tenían que decir. Aquella también les duró poco, parece ser. Tuvo la suerte de contraer la viruela; así quizá se ahorró tener que pasar por el aro y vivir según qué.

Volví a casa arrastrando los pies por los escalones del pasaje, como si estuviera muy cansada. Lo cierto es que me pesaba el alma. Salí a la calle Trafalgar y, cuatro pasos más adelante, me metí por el pasaje Sert.

Al día siguiente, fui con Antonieta a la farmacia Padrell (o, como decía ella, «a lo del boticario sucio»). No me hacía mucha gracia que la farmacia estuviera situada en la calle Sant Pere Més Baix, en el número 52, porque quedaba muy cerca de donde vivía Vicenç. ¿Era una estrategia de Antonieta para que me lo encontrara? No, a aquella hora de la mañana era imposible, pues él estaba trabajando en la panadería.

La farmacia Padrell era la más antigua de Barcelona. Se fundó en el año 1561 en el barrio de la Ribera, pero, cuando se construyó la Ciutadella y se derribó parte del barrio, se trasladó a la Barcelona vieja. La acababan de reformar. El propietario, Josep Escudé, la redecoró con hierro forjado y vitrales coloridos con motivos florales. El modernismo lo impregnaba todo. Dentro, una lámpara de hierro inmensa y una bonita cenefa en el techo con nombres de hierbas pintados.

Aquel día sentí que perdía a Vicenç pero ganaba a Ramon. Ya lo conocía de antes, al sobrino del dueño, que trabajaba allí de aprendiz, pero fue una de esas cosas que pasan: que, de repente, descubres a una persona, se te hace presente. De pequeño, a Ramon ya le gustaba todo lo que tuviera que ver con el mundo de la farmacia. Era estudioso y sabía el nombre de todas las hierbas medicinales y los medicamentos.

Cuando entré a la farmacia, me dio un vuelco el corazón. Pilar estaba allí, comprando hierbas, algo para nada extraño. Hizo como si no nos viera, y nosotras también, pero yo ya tenía el corazón en un puño. Un «buen día» apenas audible fue la única despedida por su parte y la nuestra. La casualidad quiso que me fijara en el dibujo de un vitral, unas flores; yo era más sensible al arte desde que veía a Josep Maria pintar. Y Ramon se fijó:

—Son bonitas, ¿verdad? —me preguntó. El tipo de pregunta que haces aunque ya sepas la respuesta.

Asentí con la cabeza.

—Tan bonitas como letales —afirmó.

Como Antonieta hablaba con una vecina, aproveché para aprender más sobre aquellas flores. Mi mirada intrigada hizo que Ramon continuara.

—Muuuy letales —dijo, arrastrando las palabras—. Son adormideras, un tipo de amapolas. Las semillas se utilizan en la cocina y también para pintar. Aceite de adormidera, lo llaman.

Se lo preguntaría a Josep Maria, lo del aceite ese para pintar.

—De su látex, sin embargo… —insinuó Ramon con aire misterioso. Al ver mi cara de ignorancia, agregó—: Es el jugo que se extrae del interior… El de algunas plantas es muy venenoso, y el de la adormidera sirve para calmar el dolor, como el opio.

Ramon sabía mucho de plantas, pero yo, nada de nada.

—Las apariencias engañan, ¿verdad? Tan inofensiva que puede parecer una flor… —comentó de manera teatral.

No quería ponerlo en un compromiso ni ser entrometida, pero las preguntas se me amontonaban en la cabeza. Ramon se me adelantó:

—Nosotros no vendemos nada que no esté prescrito por un médico o que no tenga un aval profesional. La gente podría hacer muchos disparates.

No lo podía asegurar, porque la memoria es traidora y esquiva, pero yo había visto aquel tipo de flores en casa, en una jardinera que había a la salida de la cocina. Pilar cogía las cápsulas que habían caído de los pétalos de las flores, las dejaba secar y las ponía bajo su almohada. Decía que la ayudaban a dormir.

Y recordé lo que decía el abuelo Andreu: «Pilar, estas hierbas te matarán».

12

Tarongeta se casó con un príncipe, un príncipe al que ella no eligió, y le fue bastante bien, o eso parecía. No tenemos más detalles, porque la historia no continúa. Hay que reconocerle a quien la inventó que fue un acierto terminarla en ese punto.

Tarongeta dulce, víctima engañada, valiente, con final feliz.

Cuando eliges te puedes equivocar y te cargas de responsabilidad. Por eso suele ser más cómodo que los demás decidan por ti.

Mi corazón escogió a Josep Maria, pero él... no lo sé. A veces, cuando me miraba, se encendía en sus ojos una llama de pasión. O eso era lo que yo quería creer. Intentaba impedirle el acceso a mi corazón, porque el sentido común me decía que era un deseo abocado al fracaso. Nada lo ataba; ni los tejidos, ni la fábrica ni aquellos diseños que él se esforzaba en dibujar formaban parte de su mundo. En Barcelona tenía las horas contadas: su objetivo estaba lejos. Antes de llegar allí ya había echado raíces en la que llamaban la Ciudad de la Luz, y que, efectivamente, también tenía pasajes.

A contracorriente, sin embargo, todavía me empecinaba en tantearlo, y un día caímos los dos. Aproveché un instante breve como un suspiro, cuando él salía para la fábrica, para entregarle el sombrero que se estaba olvidando. Le hice un gesto sugerente que no sé de dónde debía sacar, lo invité a acercarse y él no se pudo resistir. Con un brazo me rodeó la cintura y, con el otro, sosteniendo aún el sombrero en la mano, me abrazó. Nos dimos un beso intenso y largo, de final de cuento de hadas.

¿Era un beso de cierre o de inicio? Tenía un poco de ambas cosas.

Entonces se apartó repentinamente. ¡Qué lástima!

—¡Perdóname, perdóname! —exclamó, trastornado.

—¿De qué te culpas, señorito? ¡Yo también quería!

—No debería haberlo permitido, me he dejado llevar…

—¿Por el deseo?

Bajó la cabeza, ahora ya con el sombrero puesto.

—Tendrás que rezar unos cuantos padrenuestros, señorito —dije con ironía y una picardía que no me conocía—. ¿Qué es eso de aprovecharte de la criada?

—Por favor, no te rías de mí, Regina.

Me cogió las manos y me las besó no sé cuántas veces. No eran besos de deseo; eran los del amigo que se quiere hacer perdonar, que no sabe cómo excusarse. Su beso, sin embargo, había sido incontenible y apasionado, eso era evidente.

—Es que yo no te puedo ofrecer nada —dijo como si de verdad le supiera mal.

—Tampoco yo te pido que lo hagas. Ya lo sé, que tienes que irte a París —afirmé, resignada. No perdí la dignidad.

El brillo de sus ojos decía lo que los labios callaban: que me quería llevar con él; pero fue un espejismo, porque la mirada le cambió de repente para disipar mis ilusiones. ¡Lo que pueden decir los ojos con apenas un vistazo!

Si me quedaba alguna duda, sus palabras me la aclararon:

—No quiero que seas una aventura, Regina; te aprecio de verdad. Te conviene alejarte de mí. No soy buena compañía.

Era su opinión, claro.

Aquel estallido de deseo mutuo fue fugaz pero bonito. Lo agradecí. Y me divertía imaginando a Josep Maria confesándoselo al mosén para quedar en paz con Dios, Nuestro Señor.

¿Qué tenía Josep Maria que me cautivaba tanto? ¡Si era mucho más guapo Vicenç! Era la inteligencia, la genialidad y la facilidad de palabra que lo ayudaba a conseguir todos sus objetivos. Era generoso y atento, todo un caballero que convertía cualquier nimiedad en una experiencia extraordinaria, y tenía una sonrisa cautivadora, de esas que desarman voluntades.

Antes de que partiera para París, aún pudimos disfrutar de algunos ratos de charla, y ninguno de los dos mencionó lo que había pasado aquel día en la puerta de entrada.

Él me seguía y me iba hablando mientras yo quitaba el polvo. Me detuve en el precioso canterano del siglo XVIII. Me fascinaba aquel tipo de mueble, una mezcla de cómoda y armario con magníficos cristales grabados en las puertas de la vitrina. Me entretenía especialmente con los cajoncitos y los pequeños estantes: los abría y los cerraba —sin mirar el contenido, obviamente— para quitar cada mota de polvo, por minúscula que fuera.

Escuchar a Josep Maria siempre era un placer.

—Yo entiendo el arte como un todo: arquitectura, escultura, pintura… van de la mano.

Yo asentía con la cabeza, como si entendiera del tema y le pudiera dar mi aprobación. Josep Maria estaba convencido de la estrecha relación que vinculaba el arte y la industria. Creía en el progreso; era muy optimista.

Cuando me explicaba estas cosas, me convertía en un espejo; como el de la madre de Tarongeta, que le decía la verdad. Yo pasaba a ser el reflejo de su realidad.

Era evidente que yo le gustaba, por más que aquel día me hubiera dejado a medio besar. Lo inspiraba, como cualquier otra cosa bonita que pudiera haber en el mundo. Una más, efectivamente. Sin embargo, no formaba parte de sus sueños, o solo un poco. Sea como fuere, él no me engañó nunca.

En la última conversación que tuvimos, me invitó a entrar a su estudio. Y me dio unos rollos.

—Son retratos que te he ido haciendo. Es de justicia que los tengas tú.

Me quedé muy sorprendida con aquel regalo. Era un obsequio muy preciado, no solo por el valor que pudieran tener aquellos retratos, sino porque realmente significaban mucho para mí.

—Gracias…

En aquel momento me dio vergüenza desenrollar el regalo. Hablamos de cosas superfluas e incluso del tiempo; lo típico que dices para esconder lo que querrías decir. Finalmente, salieron de mi boca unas palabras con algo más de sentido:

—Aunque se te quede pequeña, echarás en falta Barcelona…

Me miró con curiosidad, como si no se hubiera planteado esa situación.

—No sé si echaré de menos Barcelona, pero sí que te echaré de menos a ti.

Su respuesta me sorprendió. Por un momento, me esperanzó. Me hubiera sumado a su equipaje sin dudarlo; pero no, no me podía permitir fantasías de riesgo: tenía que ser realista.

Sus amigos, Ramon Casas, Santiago Rusiñol y Antoni Utrillo, lo empujaban a marcharse a ese París que él todavía no conocía, pero que, presentía, era el centro del arte, indispensable para aprender y prosperar. Josep Maria lo tenía todo a su alcance. Los padres ya habían muerto; tenía tanto dinero como quería; y se iría con la bendición del mayor de sus hermanos, Francesc, su tutor. Solo le faltaba el visto bueno del otro hermano, con quien, desde pequeños, no congeniaban.

Se marchó cargado de ilusión, veinticinco años llenos de proyectos. Era una mañana gris y nublada de un año recién estrenado, el último que faltaba para acabar la centuria. España había perdido Cuba y las Filipinas, así que era un buen momento para ampliar horizontes.

—Te escribiré.

Fue lo último que me dijo.

Y me prometí a mí misma que yo también lo haría. No quería perderlo del todo. Las cartas eran un anclaje y, quién sabe, tal vez podían cambiar la situación.

Todo tiene un principio y un final y había llegado el momento de irme de la casa de los Sert. Las señoritas, Carme y Dolors, querían que me quedara, pero a mí también me tocaba cambiar de aires; solo tenía que esperar el momento oportuno para hacerlo. No podía decirlo en voz alta, pero… ¿qué haría yo en aquella casa, sin Josep Maria?

Tiempo más tarde, la gente dijo que Laura, la hija de Isaac Albéniz, el gran compositor y pianista, había sido su primer amor. Laura, una jovencita de solo dieciséis años, era muy bella y, si la relación no prosperó, fue por culpa del propio Josep Maria, que iba de flor en flor. En aquel momento, perdía la cabeza por Colette, la escritora que después se convirtió en leyenda. En esa época, todavía estaba casada con aquel aprovechado de Willy, pero ya coleccionaba amantes más o menos ilustres. Tiene su qué, haber estado enamorada de un amante de Colette, pero vendrían otras, como Misia, Roussy y Úrsula, que marcaron bastante más la vida de mi amigo.

De mí no hablará nunca nadie, ya lo sé; una criada no tiene ningún interés. Sin embargo, si en aquel momento hubiera sido más osada y me hubiera dejado llevar por mis sentimientos, quizá me habría instalado en París, primero con Josep Maria y luego vete a saber con quién. No me lamento, pero ¿quién no ha construido alguna vez castillos en el aire?

13

Ramon nos presentó. O quizá debería decir que lo hizo Àngel Guimerà, gracias a una de sus obras de teatro.

En cuanto lo vi, supe que Tomeu, Tomeu Clar, era el hombre de mi vida; me enamoré de él enseguida. ¿Acaso era una mariposa volátil y enamoradiza como Josep Maria? No, no tenía nada que ver. Además, Tomeu me ayudó a sacarme de la cabeza al señorito. Lo necesitaba.

El tiempo es siempre relativo, pero era evidente que había pasado un año largo, suficiente para consolidar una ruptura interior o por lo menos para digerirla. Era libre y, de repente, se apoderó de mí un sentimiento tan fuerte, tan imprevisto, que me sacó del aletargamiento en el que había caído tras la marcha del chico Sert.

Me había escrito, sí, una carta breve pero entusiasmada, diciendo que le iba bien: «Tendrías que verlo, Regina».

Basta, Regina. Como les decían a las herederas cuando tenían un hermanito: has caído del pedestal. Yo era capaz de caerme de él sin haberme subido nunca.

Con Tomeu nos conocimos a la salida del Teatre Romea. Se había estrenado *La filla del mar* de Àngel Guimerà. Era el 6 de abril del año 1900, lo recuerdo perfectamente.

—¿Querrías venir al teatro? —me había preguntado Ramon unos días antes.

Me hizo ilusión. Nunca había ido al teatro; solo había visto aquellas obras que hacían en el centro de Sant Pere Apòstol, que ya se habían trasladado a un edificio más grande de la calle Trafalgar, porque el número de socios no paraba de crecer.

—Rosita también vendrá… con Vicenç.

Según me había contado Ramon, estaban juntos. Lo sabía más por él que por Rosita, a quien le sabía mal decírmelo.

—Yo nunca te lo hubiera quitado, Regina.

—Lo sé, amiga. No te preocupes en absoluto.

—Pronto nos casaremos —dijo con un hilillo de voz, como si fuera un secreto.

No sabía si alegrarme del todo; porque Rosita lo quería, sí, pero, como hubiera dicho el abuelo Andreu, era un plato de segunda mesa, una especie de consolación. Y Vicenç…, ¿se casaba con ella por comodidad? ¿Porque tocaba formar una familia? ¿Por despecho? No me quería inmiscuir, por supuesto; era cosa de ellos. Y los seguía considerando mis amigos, aunque Vicenç no me dirigiera la palabra.

Tenía veintidós años y estrenaba el siglo XX con ilusión; quería ser feliz. De un cambio siempre se esperan cosas buenas, y la nueva centuria me regaló a Tomeu.

Terminada la obra de teatro, de regreso a casa, me gustó saber que aquel chico también vivía en el barrio de Sant Pere. Sonreí para mis adentros.

Tomeu era muy buen amigo de Ramon.

Enseguida se situó a mi lado, en aquel paseo. Después supe que todo había sido planeado por Ramon, que parecía haber descubierto la vocación de casamentero.

De Tomeu me gustó todo: el porte, los ojos risueños, la sonrisa, la voz… La voz importa mucho, en una persona, y me encantó el deje mallorquín que conservaba, a pesar de haber llegado a Barcelona de pequeño.

En sus labios, mi nombre sonaba mucho más dulce.

Era dibujante, como Josep Maria, pero su arte lo aplicaba a los tejidos, ya que se dedicaba a la estampación. Resulta que yo tenía inclinación por los artistas; mira por dónde, Tarongeta. Tomeu, sin embargo, era una persona con los pies en la tierra. Era otra cosa.

—Estudié en la Escola Provincial d'Arts i Oficis —me explicaba— y ahora trabajo con los Vilumara… Seguro que ya los conoces. El dueño es Francesc Vilumara i Bayona.

Los Vilumara. Los conocía, sí.

Hacía trescientos años que trabajaban la seda. Eran unos pioneros, aunque fue Joan Escuder quien creó la primera empresa sedera catalana. En la fábrica de los Escuder, La Morera, en la plaza Sant Pere, había trabajado mi madre en la época de Josep Escuder, quien, además de sedero, era terciopelero.

Tomeu me explicó, muy orgulloso, la visita a los Vilumara. Les había ofrecido sus ideas creativas y lo habían aceptado.

—Es un buen momento para los dibujantes, porque podemos experimentar con nuevas técnicas y los industriales nos escuchan y nos hacen caso. Unos hacemos los dibujos que se estamparán, otros elaboran los moldes y luego están los que combinan los colores o hacen texturas nuevas.

Me estaba diciendo que tenía futuro.

El trayecto era corto, pero tuvo tiempo de explicarme media vida. Parecía que él lo sabía todo de mí: que trabajaba en casa de los Sert, que mi padre había sido cerrajero, que mamá había trabajado en La Morera... No hubo mención alguna a Josep Maria, sin embargo, aunque algo debía de saber.

Era evidente que toda la información le había llegado a través de Ramon, a quien tendría que darle un buen tirón de orejas. Aquella situación, no obstante, me divirtió. Ramon se había encargado de dejarnos solos; él iba delante con Vicenç y Rosita, y Tomeu y yo, detrás.

Habíamos cruzado ya la Riera de Sant Joan.

—Yo estudié en esta escuela...

—¿En La Salle Condal? Como Vicenç...

—Sí, en los Hermanos de las Escuelas Cristianas, los de san Juan Bautista de La Salle.

—Mi abuelo Andreu, el padre de mi padre —le dije—, siempre me decía que se había fundado poco antes de que yo naciera.

Era un edificio modernista muy sobrio, delante mismo de donde, al cabo de unos años, se levantaría el Palau de la Música, donde habían estado el patio y el claustro del convento de Sant Francesc de Paula, una comunidad de frailes mínimos. De pequeña me hacía gracia, eso de «mínimos».

—¿Por qué se llamaban «mínimos», abuelo? —le pregunté un día.

—Porque su precepto más importante era la humildad. Se consideran muy pequeños.

Antes de conocer la del abuelo, yo ya me había montado mi historia: así como las monjas casaderas tenían que ser bellas, yo me había imaginado que los mínimos tenían que ser hombres bien bajitos.

Desde 1835, sin embargo, ya no estaban. La comunidad de los mínimos, como tantas otras, había sido suprimida a raíz de la desamortización y el edificio se había convertido en iglesia parroquial.

Con Tomeu congeniamos enseguida. De vez en cuando, Vicenç se giraba y nos miraba a hurtadillas.

«¿Lo ves, amigo mío, que no todo es Sert?»

Los primeros en despedirse del grupo fueron él y Rosita.

Tomeu, que vivía en la calle del Pou de la Figuereta, me acompañó hasta casa con Ramon, que se hacía el despistado para no meterse en nuestra conversación. Tomeu no encontraba el momento de despedirse, iba alargando el encuentro y yo me impacientaba, pues no quería que Antonieta se preocupara por mí. De pronto, me hizo una pregunta sorprendente:

—¿Te gustan las palomas?

—Bueno, sí… —tartamudeé.

Pocas veces en mi vida he mentido, pero aquella fue quizá la primera mentira que dije por amor, ya que las palomas me daban un poco de repelús, en realidad.

—Es que, en mi casa, arriba en el terrado, tengo un palomar —dijo como aquel que confiesa que tiene un tesoro escondido. No era un gran tesoro, claro; mucha gente tenía uno—. Ven un día y te lo enseño —dijo, decidido.

Yo no sabía qué decir y me limité a sonreír.

—Ramon, tú ya conoces mi palomar —continuó Tomeu—, pero… vendrás también con nosotros, ¿verdad?

Ramon, diligente, sensible y frágil. El buen amigo.

Tomeu no callaba; estaba hecho un flan y hablaba por los codos. No debía de darse cuenta de que a mí me tenía en el bolsillo. Fue entonces que quiso aclarar que vivía con su tía, que era una bellísima persona.

Eso también lo decían de Palmira, pero no quise desconfiar antes de tiempo. Hice bien, porque la tía Teresina resultó ser encantadora: una persona amable, menuda, redondita y muy despierta.

Los días que siguieron, me mostró su palomar, encumbrado en la azotea, colorido por gran diversidad de palomas y musicado por un arrullo continuo. Y, de acuerdo con las buenas costumbres, la tía Teresina siempre nos acompañaba.

Por mi parte, aquellos días felices, alejados de amarguras y rencores, le hice un resumen de mi vida, haciendo hincapié en los buenos recuerdos y pasando apenas de puntillas por las circunstancias más negativas. Y menos de tres semanas después me propuso matrimonio. Se me declaró en el pasaje y quise pensar que aquello era un buen augurio.

Fue en los primeros escalones entrando por la calle Trafalgar, sentados bajo el patio de luces, al atardecer; a *s'horabaixa*, que decía Tomeu.

14

La tía Teresina me acogió como a una hija. Siempre repetía que Tomeu no hubiera podido ser más afortunado.

Era viuda y cargaba con una buena colección de muertos. Su marido era hermano de la madre de Tomeu, que murió en el parto. El padre de Tomeu, que había caído gravemente enfermo cuando el pequeño solo tenía cuatro años, tuvo dificultades para llevarlo a Barcelona de modo que pudieran cuidar de él los tíos. Parecía que hubiera puesto las pocas fuerzas que le quedaban en hacer aquel viaje para poder morir en paz. Los dos éramos huérfanos, pues, y él aún más que yo, porque yo tuve la suerte de disfrutar de mis padres durante unos años más.

—Mis tíos han sido como unos padres para mí —afirmaba con solemnidad.

Ya casada, me hubiera gustado irme a vivir a otra parte de Barcelona, para perder de vista a Pilar, pero ni siquiera se lo propuse a Tomeu. Demasiadas cosas nos ataban al barrio de Sant Pere: el trabajo, el palomar, la tía Teresina... Sí, porque siempre me hubiera quedado con el remordimiento de haberle arrebatado aquel sobrino al que tanto quería. Por otro lado, tampoco teníamos los medios para apañarnos nosotros solos... No me había llegado a plantear si la casa del abuelo Andreu me pertenecía. Pilar, con quien no tenía ningunas ganas de encararme, se había adueñado de ella y, además, estaba Miquelet, de quien me sentía en parte responsable. La palabra «herencia» no estaba en el diccionario de alguien como yo.

Nos casamos antes que Rosita y Vicenç, y en la iglesia de Sant Pere, claro está.

Yo llevaba un vestido blanco de damasco de seda que parecía de una sola pieza pero que, en realidad, tenía cuerpo y falda, porque, de este modo, se podía ceñir más la cintura. No era habitual que una novia de clase menestral llevara un vestido que después no podría aprovechar, pero fue un regalo de la madre de Rosita, que no era modista, pero cosía muy bien.

—Regina —me dijo—, me hace ilusión que vayas vestida como una novia de verdad.

Rosita me hizo un peinado con unas pequeñas rosas que me aguantaban el velo: un velo que me regaló Pilar, aunque parezca mentira.

—Para que tengas un recuerdo mío —me dijo, serena pero con un deje de emoción—. Olvidemos el pasado. Quédate con el recuerdo de que quise a tu padre.

¿Me lo podía creer?

En cualquier caso, le di las gracias educadamente, claro.

El velo era una maravilla, de algodón fino, bordado con flores, pero yo no me lo podía poner.

—¿Por qué no? —me preguntó la tía Teresina con inocencia.

Era lógica, su pregunta, pero no me atrevía a decirle sin tapujos que Pilar era mala. La tía Teresina y Tomeu apenas sabían nada de la bordadora del Quarter de Sant Pere: que era mi madrastra y que la convivencia no había sido buena, pero poco más. Quizá debería habérselo dicho a ambos desde el principio, pero duró tan poco, nuestro noviazgo, que no hubo tiempo para contarnos miserias pasadas, y no quería romper la armonía que respirábamos; quería que tuviéramos la fiesta en paz.

—Pasa página, Regina —me aconsejó la tía, que debía intuir alguna pena profunda que no me dejaba avanzar.

Teresina, palabra amable, compañía grata. Sensatez.

Con los años, había logrado no sulfurarme cuando veía a Pilar. Hacíamos un poco el paripé, vaya. Sin embargo, las personas, en esencia, no cambian, y aquel velo era un pájaro de mal agüero.

¿Qué vestido llevaría Tarongeta cuando se casó? Con frecuencia, los cuentos se olvidan de lo más importante.

Todo el mundo me decía que estaba preciosa y, por supuesto, les creí. La imagen del espejo me lo constató. Al contrario que la madre de Tarongeta, el espejo me halagaba. Las hermanas Sert me regalaron un ajuar que no encajaba conmigo, pero ¡qué ilusión me hizo aquella caja de novia que había pertenecido a una antepasada suya! Era de nogal, con un magnífico trabajo de talla, con hermosos dorados y policromados. Y, en su interior, una ropa de hogar increíble: sábanas de hilo y de seda, toallas con los nombres bordados, manteles y servilletas… Y todo de la mejor calidad.

—Que seas muy feliz, Regina.

«Gracias, muchas gracias.»

No sabía si ponerme el broche de la monja Genoveva. Carme y Dolors me convencieron: que sí, que era una joya muy bonita y bien mía, que la luciera. Había entrado a la casa de los Sert con miedo, encogida, y aquel día, en cierto modo, salía de ella por la puerta grande, como si fuera de la familia.

Entré en la iglesia del brazo de Josep Maria, que me acompañó hasta el altar. ¡Quién me lo iba a decir! No se estaba quieto: había estado viajando por toda Italia para conocer las grandes obras de la decoración mural y se preparaba para pintar, por encargo, su obra magna: la catedral de Vic. A pesar de todo, hizo una breve escala para asistir a nuestra boda.

Aquel día, la festividad de san Jaime, eché mucho de menos a papá, al abuelo Andreu y, por supuesto, a mi madre. Me imaginé a Genoveva y a sus hermanas comendadoras recibiendo la felicitación, campanas al viento, de las monjas de Sant Pere de les Puel·les.

La iglesia estaba llena de flores. Josep Maria no había tenido suficiente con regalarnos la vajilla, la cristalería y la cubertería, todas de diseño italiano: también nos obsequió con una composición floral digna de las bodas de una reina. Me quejé de tanta generosidad, y lo que me dijo a continuación me conmocionó; sobre todo por el tono con el que me lo dijo.

—Sabes que lo haría todo por ti.

Que lo haría todo por mí…

No obstante, otro tipo de conmoción me ahorró las fantasías. De repente me entró miedo de encontrarme con Palmira y Felip en la iglesia y miré para todos lados, agobiada. No, no estaban. Si habían hecho acto de presencia, supieron disimular.

Pilar sí que debió de asistir: seguro que quería ver si me había puesto el velo. Menos mal que no vino al convite. Lo hicimos en casa de la tía, que la invitó por deferencia. Miquelet vino, pero ella no.

Éramos pocos; tampoco queríamos hacer mucho alboroto, y menos aún ostentación, aunque Josep Maria hubiera querido celebrar la boda en un lugar bien vistoso y pagándolo todo de su bolsillo. Miquelet no se movía de mi lado y me contemplaba, admirado. Parecía feliz. Agradecí a Tomeu que se lo tomara bien, que no lo considerara un estorbo.

Después, hacia el atardecer, llevé el ramo a la tumba de mis padres y del abuelo. Me hubiera gustado dárselo a Rosita, pero llevarles las flores a ellos era una forma de hacerlos partícipes. Fuimos en un coche de caballos que había alquilado Tomeu.

«Padre nuestro que estás en el cielo...»

Cuatro oraciones sentidas, los ojos anegados en lágrimas y el ruego a sus buenas almas para que mi vida con Tomeu fuera venturosa y bien larga.

Mi petición de buenaventura a los míos fue escuchada: convivir con Tomeu era un regalo. De tanto que lo quería, hasta me acostumbré a las palomas.

El palomar ya lo había instalado Antoni, el marido de la tía Teresina, y Tomeu enseguida se aficionó a él. Me llamó la atención el vuelo de las palomas amaestradas, las evoluciones que hacían por los aires en función del toque de silbato y de los movimientos de una caña con una banderilla atada a la punta.

—Es la manera de tocar un poco el cielo —me decía Tomeu.

Era todo un arte, educar a las palomas y hacerles emprender el vuelo; ahora juntas, en bandadas de vuelo compacto, y ahora dispersas en forma de cruz o de otras figuras, para regresar juntas al gesto de la caña y el sonido del silbato. Nunca me hubiera imaginado la gran variedad de palomas que hay: gorjeadoras, torcaces, colipavas, monjiles, zuritas, rizadas, albinas, tripolinas, filicotón, aliblancas, de cola bifurcada, reales... Estas eran tan corpulentas que casi no podían volar. Si Tomeu se metía en un apuro, era discutiendo con otro palomero.

Y trabajábamos, por supuesto, trabajábamos mucho, que no todo era hacer volar palomas. Entré en Can Vilumara. No les convencía mucho emplear a una mujer joven con tantas papeletas de quedar embarazada pronto, pero, dado que tenían en gran consideración a Tomeu y que mi madre había trabajado con los Escuder, me aceptaron.

Me gustaba eso de trabajar con la seda y pronto aprendí a hacerlo. Sobre unos grandes tableros, las operarias cortábamos la ropa, siguiendo las líneas de los patrones de cartón de los cuales saldrían pañuelos, lazos y corbatas. Yo tenía justamente lo que se requería: delicadeza, sobre todo —algo imprescindible para todas las operarias—, y también precisión en el corte, ya que mi trazo era firme, como el de Josep Maria cuando pintaba.

Tomeu quiso que colgáramos alguno de los retratos que Josep Maria había hecho de mí.

—Elige tú el que más te guste —le propuse.

Y él se decantó por el que hizo aquella vez que yo limpiaba la plata y me convirtió en una Virgen María.

—*¡Idò!* ¡No puede haber nada más bonito! —exclamó al contemplar cómo quedaba sobre la cabecera, después de haberlo hecho enmarcar.

Y bajo la mirada de aquella imagen —que me causaba un poco de remordimiento, pues era como tener allí colgado al antiguo amante—, hacíamos el amor como si se fuera a acabar el mundo. Menos mal que la tía Teresina estaba un poco sorda, porque hubiera acabado harta de risas, jadeos de placer y susurros al oído.

—Dímelo otra vez —le pedía, pues entre sus labios sonaba mejor que cuando lo decía yo.

—Te quiero —me decía en mallorquín.

¡Qué bonito que sonaba en sus labios! «*T'estim.*» Su voz me acariciaba los oídos y me sosegaba el espíritu.

Cada día era un descubrimiento: era la ventaja de que nos hubiéramos casado con tanta impaciencia. Siempre había algo para contarnos, y nos reíamos como niños traviesos cuando recordábamos —a Tomeu también le pasaba— que, cuando éramos pequeños, confundíamos el significado de una palabra con otra. Él creía que las indianas eran las señoras que vivían en América y yo pensaba que Pilar fumaba apio en vez de opio.

A Tomeu, aquello del opio le despertó la curiosidad.

—¿Fuma opio, tu madrastra?

—De vez en cuando, un poco. —Quise quitarle hierro al asunto, pero, con el transcurso de los días, Tomeu, que me fue conociendo, quiso saber qué era aquella niebla que con frecuencia me nublaba los ojos.

No quería tener ningún secreto para Tomeu; simplemente, no quería preocuparlo ni contagiarle una tristeza que solo era mía. Un día, sin embargo, se lo conté. Se lo conté todo: los maltratos de Pilar, la tristeza creciente de papá, la repentina muerte del abuelo Andreu, Palmira, Felip, el escondite del pasaje, la buena acogida de la familia Sert… Bueno, todo no: lo que había sentido por Josep Maria lo pasé de puntillas.

Tomeu me dijo que le sabía mal que, con la tía, hubieran insistido para que Pilar viniera a nuestra boda.

—No te preocupes. Vosotros no sabíais nada. Culpa mía, que no os hablé de ella.

Quién sabe si el hecho de mencionar a Palmira y Felip llamó al mal tiempo, pero, una tarde, tras salir de can Vilumara, pasé por delante de la que había sido mi casa y vi a Felip Torrent entrar en ella. Y no, no me hizo ninguna gracia.

15

Miquelet había estado muy enfermo y Pilar no me había dicho nada.

Aquel último invierno estaba siendo muy crudo. Era verdad que el frío congelaba algunos males, pero también lo era que provocaba otros. Al parecer, Miquelet se curó gracias a Felip Torrent, que consiguió un entresijo de carnero. Por mucho que algunos médicos lo prescribieran, me horrorizaba pensar que había que despellejar vivo un cordero añal y colocar enseguida su piel bien caliente sobre el pecho del enfermo. Había quien iba a buscar los entresijos al matadero mismo, pero también existía un servicio a domicilio, que era más caro. Este es el que consiguió Felip, que se encargó de ir a la calle de la Volta de Sant Cristòfol, donde los vendían y se encargaban también de llevarlos a casa del enfermo.

Doy las gracias al añal que, con su entresijo, salvó a Miquelet, pero no acababa de entender qué pintaba allí Felip. ¿Qué relación tenía aquel hombre de manos sudorosas con mi madrastra?

Con Tomeu lo fuimos a ver en cuanto nos enteramos. Fue una tarde, al salir de Can Vilumara. Pilar no se atrevió a impedirnos el paso, aunque ganas no parecían faltarle. Las paces las habíamos hecho a medias, a raíz del casamiento, y las dos lo sabíamos.

Miquelet estaba sentado en una silla de enea, de esas pequeñas que usan las costureras. Le quedaba a la medida, pues de este modo, con sus piernas cortas, podía apoyar los pies en el suelo.

Estuvimos un buen rato abrazados, sollozando, prácticamente intercambiándonos las lágrimas, yo acariciándole la cabeza moteada y él a mí el pelo rizado. Pilar quedaba a mis espaldas, pero era como si la viera. Me la imaginaba en actitud hosca, enfadada. La escena que protagonizábamos Miquelet y yo le debía de parecer un espectáculo inútil y, si no dijo nada, fue porque estaba presente Tomeu.

Que Miquelet era un infeliz bien lo sabíamos todos, pero aquel día vi que lo era más de lo que nos podíamos imaginar; que aquella pulmonía, de alguna manera que no acababa de entender, había sido voluntaria: una forma de escapar, de dejar de sufrir; pero no lo había conseguido.

Una ansiedad punzante me estrujó el corazón.

Una vez fuera, Tomeu, afligido, dijo que necesitaba que le diera el aire y me propuso dar una vuelta. Como teníamos por costumbre, caminamos por nuestros pasajes, saludando a los vecinos y a los tenderos de los quioscos de toda la vida. Pensé que me quería hablar de Miquelet —yo también tenía ganas—, pero me salió con otra historia que no me esperaba.

—Regina… Esta casa, ¿no era de tu abuelo?

He aquí la cuestión. Aquello que había mantenido aletargado durante tanto tiempo, mis derechos sobre la casa donde nací, despertaba en el momento menos esperado.

—Sí, y tanto, era del abuelo Andreu.

—Y, si tu padre murió, ¿no debería ser tuya? A ver, no me malinterpretes, que no soy un interesado, pero ¿has visto algún testamento?

Un sudor frío me recorrió el cuerpo, desde la raíz del pelo hasta la punta de los dedos de los pies. Me mareé. Tomeu se dio cuenta de inmediato y me sujetó por el hombro; seguro que me hubiera abrazado con fuerza y cubierto de besos, pero estábamos en el pasaje, justo delante de Àngel, el zapatero remendón que intentaba arreglar unos zapatos que no tenían remedio.

—No sufras, Regina, que me encargaré de averiguarlo.

A menudo, sobre todo en cuestiones de números, Tomeu velaba por mí. Yo me atolondraba. Le había pasado como a Vicenç, que no podía ir cada día a la escuela porque tenía que ayudar en casa, pero supo aprovechar lo que le enseñaron en los Hermanos de La Salle. Era listo y no le costaba mucho recuperar el tiempo perdido.

No me apetecía en absoluto ver a Pilar, pero Tomeu tenía empuje y me animó a defender lo que era mío o, por lo menos, a intentarlo.

—Así, de paso, verás a Miquelet.

Eso me decidió y, al cabo de muy poco, volvimos a casa de Pilar —mejor dicho, a casa de mi abuelo— y, sin preámbulos, Tomeu le preguntó por el testamento. Yo estaba sentada al lado de Miquelet, que se alegró mucho de verme. Hosca, pero sin inmutarse, mi madrastra se dirigió a la vitrina que había en un rincón del comedor. En la parte de abajo había tres cajones y ella abrió el del medio. No tuvo que rebuscar mucho antes de sacar un papel, envuelto en otro de seda, que entregó a Tomeu de mala gana.

Mi marido lo leyó con atención. El escrito era corto, así que terminó enseguida.

—Pero esto no es un testamento, señora —dijo Tomeu.

—Ya lo sé —respondió Pilar—, pero bien que pone a quién deja la propiedad de la casa el abuelo Andreu, ¿no? Y su firma se ve bien clara.

Se hizo un silencio abrumador que hubiera podido cortarse con un cuchillo, mientras yo comprobaba que sí, que era la firma del abuelo, y Tomeu iba inclinando la cabeza en señal de disconformidad.

—No sé qué validez puede tener este papel, pero lo averiguaremos —remachó Tomeu, devolviéndoselo con firmeza.

Pilar nos observaba altiva, displicente. Le hubiera dicho muchas cosas, pero opté por tragarme las palabras hasta que no averiguara qué había pasado. Porque aquello, además de ser un robo, era muy poco serio. Una vez fuera, de camino a casa, lo fuimos comentando.

—El abuelo nunca le hubiera dejado su casa a mi madrastra, nunca. De eso estoy completamente segura.

—Pero aquel papel lo dice bien claro, Regina, no hay ninguna duda: está firmado por Andreu Soldevila i Casals, tu abuelo.

Aquello no era lo peor, no. Lo peor era pensar cómo había hecho Pilar para obligarlo a hacer aquello. ¿Con hierbas que le nublaran la mente? ¿Con amenazas? ¿A qué tipo de extorsión lo habría sometido? Y la fecha era clave. Apenas una semana después de firmar aquel «papel», el abuelo murió.

—¿Qué puedo hacer, Tomeu? ¿Qué puedo hacer?

Tomeu negaba con la cabeza, confundido.

—Me voy a informar, Regina, me voy a informar. El señor Vilumara nos puede aconsejar... Me extraña que tu abuelo no fuera a un notario, que no tuviera un documento como Dios manda.

Tenía razón, pero, de momento, no podíamos hacer nada, y la espera, ante tanta injusticia, se me hacía insoportable.

Esperar...

Había otra espera que aún era más descorazonadora, por aquel entonces: todavía no había quedado embarazada.

Rosita y Vicenç habían tenido una niña. Ellos se habían casado después que nosotros y Rosita ya había dado a luz a una criatura y esperaba otra. Hacía tres años que nosotros nos habíamos casado y nada. Éramos jóvenes —yo tenía veinticinco años y Tomeu veintisiete—, pero empezaba a inquietarme.

—Ya llegará, mujer, y cuando menos te lo esperes —me consolaba Rosita, una tarde de domingo que vino a casa con la niña y una enorme barriga.

A Rositeta le hacía gracia ver las palomas, así que subimos al palomar. Mientras Tomeu distraía a Rositeta, Rosita y yo hablábamos de lo que me preocupaba.

Me recordó todos los consejos que daban las comadres; yo no les había hecho caso, porque me bastaba con lo que nos había dicho el médico: que estábamos sanos los dos. Tomeu no hubiera ido al médico, pero lo hizo por mí, porque cada día que pasaba me veía más angustiada. Y yo no veía otra cosa que mujeres preñadas y bebés.

Tomeu hacía todo lo posible para que no me preocupara; para que no sufriera, como decía él. Sí que sufría, y mucho, pero él encontraba siempre la manera de ahuyentar mis preocupaciones. Los besos y los mimos que me hacía eran un bálsamo para mí. Por otra parte, no tener hijos me permitía trabajar, y con Tomeu podíamos ir ahorrando.

Me obsesioné, sí. La fijación llegó a tal punto que, aunque siempre había tenido los pies en la tierra, y aunque, como le había dicho a Rosita aquella tarde en el palomar, no daba crédito a según qué historias, empecé a aferrarme a leyendas y supersticiones. Fui a la calle Jonqueres, la calle más ventilada de toda Barcelona. La tradición decía que, allí, las mujeres quedaban preñadas; que la corriente que venía del agujero del viento, arriba de Horta, era una tramontana fecundadora. Iban las casadas, deseosas de dar a luz, y las solteras huían de allí, por si las moscas.

¡Menudas sandeces, madre mía! Fui, cargada de fe y esperanza, pero el viento fecundador pasaba de mí.

Pensé mucho en la monja Genoveva: si ella había tenido descendencia, ¿por qué no podía tenerla yo? Aquello me consumía. No sé a cuántos santos recé y perdí la cuenta de las ofrendas y las promesas hechas.

Una tarde, al salir de Can Vilumara —Tomeu saldría más tarde porque, al terminar el trabajo, quería enseñarle al dueño unos diseños nuevos—, pasé por la calle Cuc, una de las cuatro vías que unen las tres calles Sant Pere: Més Alt, Mitjà y Més Baix. Me detuve delante de la casa donde había nacido san José Oriol en plena guerra de los Segadores. Había sido canonizado en Sant Pere de les Puel·les, y no era la primera vez que le rezaba.

Me sorprendió que Pilar pasara en aquel momento.

—Son muy bonitos, los esgrafiados, ¿verdad? —me comentó.

Sí que lo eran. Los había hecho Josep Maria Jujol, según me había explicado el otro Josep Maria, el mío. Lo que no me gustó fue cómo me miraba Pilar. Sus ojos fueron directos a mi vientre estéril y luego me miró fijamente, sin hacer más comentarios.

Me quedé muy trastornada, pues aquella mueca implicaba siempre despropósitos y malevolencias. Por la noche, cuando Tomeu llegó a casa, no pude disimular mi angustia.

—¿Qué sucede, amor? ¿Qué te pasa?

—Nada, Tomeu, no es nada.

No le dije nada del encuentro con Pilar, pero creció en mí la idea de que mi madrastra, como la madre de Tarongeta, me había embrujado.

16

Decidí que iría a ver a Llúcia, la adivina del barrio. Como decía el abuelo Andreu, en el Quarter teníamos de todo. La obsesión por el hecho de no quedar embarazada había llegado a tal punto que hasta hubiera consultado al diablo.

Salíamos de la iglesia, de la misa del domingo, cuando lo hablamos con Rosita. Tomeu y Vicenç se fueron a tomar algo a la taberna de Pere Brut, cerca de la capilla de Marcús. Tomeu quería que fuéramos con ellos, pero a Rosita no le apetecía, porque se había enfadado con su marido, y yo lo que quería era hablar con ella. A ninguna de las dos nos gustaba aquella mezcla de vino rancio y aguardiente que servían allí.

Caminábamos a ritmo de paseo, cogidas del brazo y disfrutando de la compañía mutua. Fue Rosita quien me animó a ir a lo de Llúcia. Mi amiga no sabía qué hacer para ayudarme. Ella tenía ya dos criaturas y parecía como si le supiera mal tenerlas sin que yo tuviera ninguna todavía. Aquel domingo, Rositeta y Vicentet se habían quedado en casa con la yaya.

—Te irá bien hablar con Llúcia —me recomendó Rosita—. No pierdes nada. Y es muy buena chica —agregó, con la intención de convencerme. En realidad, no hacía falta, porque ya me había decidido.

Llúcia era la hija de Rita, la que había intentado curar a mi madre. También era curandera, pero, además, y por lo que decía Rosita, veía más allá.

—¿Y tú cómo lo sabes, Rosita?

—Por lo que he oído contar…

Hizo una pausa y, como si le diera vergüenza, confesó:

—Lo sé también porque yo misma fui a hacerle una consulta. Necesitaba preguntarle por el futuro de mi matrimonio. —Aquello me pilló por sorpresa, a pesar de que los problemas de la pareja no eran una novedad para mí—. Tú ya lo sabes, Regina —continuó—, que nos peleamos cada dos por tres y que me cuesta mucho sobrellevarlo. Mira que yo, por los niños, hago lo que haga falta, pero hay momentos en los que ya no puedo más.

«Pobre Rosita, qué paciencia que tienes.»

—¿Y Llúcia qué te dijo?

—Que no habíamos acertado, eso dijo. Me lo soltó sin demasiados rodeos. Me dijo que, como pareja, no teníamos remedio.

Le estreché el brazo con afecto.

—Llúcia me riñó y todo —prosiguió Rosita.

—¡Anda! ¿Por qué?

—Porque le pregunté qué pensaba ella de la «píldora». La cara que puse hablaba por sí sola.

—¿No sabes qué es? ¿De verdad que no?

—Ay, chica, qué misterios —refunfuñé—. No tengo ni idea. Eso lo debe de saber Ramon.

—No, dudo mucho que Ramon sepa de qué hablamos...

Se paró en medio de la calle, casi delante del pasaje de los Sert, me miró a los ojos y me dijo en voz baja, temiendo que alguien la pudiera oír:

—Se ve que, si mezclas un poco de sangre de tu regla con una bebida y se la das al hombre que quieres para ti, este no dejará nunca de hacerte caso.

—¡Pero qué dices, Rosita! ¡Qué disparate!

—El café es una buena opción, por lo que dicen..., porque no se nota ni se ve la mezcla.

Sin duda, mis muecas de asco dejaron claro lo que pensaba yo de la «píldora».

—Llúcia me dijo que, aparte de ser una porquería, eso eran historias de hechiceras antiguas y mal informadas y que no servía para nada; que mi historia con Vicenç solo tenía dos opciones: armarse de paciencia o partir peras.

Me vino a la mente una duda.

—¿Lo has probado con Vicenç, eso de la «píldora»?

Se puso colorada como un tomate, pero confesó, con la cabeza gacha:

—Sí... Y Llúcia tenía razón: no ha servido para nada.

Madre mía, ¡menudas dos nos habíamos juntado! Yo, obcecada con el embarazo que no llegaba, y Rosita, con retener a un hombre que no le hacía caso. Desvalida e impotente, mi amiga se echó a llorar.

—Es que yo a Vicenç lo quiero.

La abracé. Algunos transeúntes y vecinos nos miraban: que miraran, pues, si no tenían nada mejor que hacer. Rosita me había querido animar y, mira por dónde, fui yo quien terminó consolándola a ella.

—Hagamos una cosa —le propuse—: le pediré a Tomeu que hable con Vicenç a favor tuyo y por el bien de los niños.

—Ay, Regina, ¿tú crees que querrá hablar con él?

—Claro que sí, mujer, seguro. Ya verás como poco a poco todo se solucionará.

El tipo de frases que dices sin creértelas mucho.

Aquella noche, Tomeu me trajo novedades. Había hecho gestiones en relación con la casa del abuelo Andreu. Asesorado por el señor Vilumara, había hablado con su notario, con quien no pudo esclarecer nada. Sin embargo, fue derivado a otro que sí pudo darle información.

—No me habías dicho nada de todo esto…

—Porque quería tener algo que contarte… El señor Vives, el notario, el segundo con el que he hablado, me dijo que se acordaba de tu abuelo y que sí, que había ido a hacer el testamento con él, pero que, hace años, sufrió un incendio, un accidente en el que perdió parte de los documentos…

—Entre ellos el testamento del abuelo, ¿verdad?

Tomeu asintió.

Más dudas, más incertidumbres.

Y entonces le hablé de los problemas de Rosita con Vicenç.

Al día siguiente, al salir de Can Vilumara, me dirigí a la calle de la Claveguera, que me quedaba muy cerca.

Llúcia seguía viviendo en la misma casa de su madre. Pobre Rita: una enfermedad fea se la llevó.

Rita.

La que había intentado curar a mi madre. La que la había ayudado a darme a luz. Como cualquier oficio, el suyo pasaba fácilmente de generación en generación; en aquel caso, de madres a hijas, sí, porque lo que hacían Rita y Llúcia eran tareas reservadas a las mujeres, trabajos matriarcales.

Nada más entrar, el aroma de las hierbas curativas me confortó y una paz repentina se apoderó de mí. Debió contribuir también a ello la luz tenue y zigzagueante de las velas. La iluminación era escasa, pero me permitía ver bien a Llúcia. Era muy peculiar y no se parecía a su madre. Rita era alta y ella era menuda y muy delgada: de esas personas que parece que se vayan a romper las muñecas con solo levantar un ramo de flores. Y los ojos, sobre todo los ojos, no tenían nada que ver con los de su madre. Lo que las identificaba era la actitud serena y firme, que infundía confianza.

—Tienes mucha luz, Regina —me dijo en cuanto me vio.

No la entendí.

—Pocas personas la tienen tan limpia —decía mientras me contemplaba como si fuera una aparición—. Todos tenemos luz, pero hay personas que solo pasan con una pequeña chispa.

Me repasó de arriba abajo, sin insolencia; yo diría que con mucha curiosidad. Me hizo sentar en una banqueta y ella se sentó en otra, delante de mí, pero a continuación se levantó.

—No llego bien. Tú eres más alta que yo.

De pie frente a mí, puso las manos sobre mi cabeza, como si la acariciara, pero sin tocármela.

«Ay, madre, qué cosas más raras me toca vivir.»

Era agradable, no obstante, y, ya que estaba, me dejé llevar.

—Eres joven y estás enamorada —dijo de repente—, pero no tienes hijos y esta situación te atormenta.

¿Cómo lo sabía? Quizá era solo una casualidad, una suposición; un farol, como dicen los que juegan a cartas; o lo más sencillo: que lo llevaba escrito en la cara.

—Tú puedes tener todos los hijos que quieras, Regina, e intuyo que tu marido también.

Llúcia se sentó en la banqueta y me cogió las manos. La miré: tenía los ojos cerrados; parecía muy concentrada. Le hubiera hecho muchas preguntas, pero no me atrevía a interrumpirla.

Llúcia, paz, espíritu iluminado, esperanza.

Mis pensamientos fueron hacia la tía Teresina, que no nos decía nunca nada sobre el tema, pero se preocupaba por nosotros, no me cabía ninguna duda. Ella no había podido tener hijos.

—Lo importante —dijo de pronto Rita— es que vivas bien con tu marido, que no rompas la buena relación que tenéis.

No pude evitar pensar en Rosita y Vicenç.

—¿Y qué puedo hacer?

156

—En primer lugar, tranquilizarte. Y, ahora, espera un poco.

Con un gesto de la mano, me indicó que no me levantara de la banqueta.

Llúcia se sentó en el suelo con las piernas cruzadas y se dobló sobre sí misma, como una luciérnaga. No sé cuánto rato estuvo en aquella posición. Pensé que después le dolerían los huesos, pero parecía estar acostumbrada.

Se levantó y volvió a acercarse a mí.

—Hay algo muy sutil que os separa, a tu marido y a ti. Por eso no podéis engendrar.

Me dejé de manías: le dije que temía que me hubieran embrujado y mencioné a Pilar Anglada, la bordadora, mi madrastra. Cuando oyó aquel nombre, se puso tensa, quedó paralizada.

—Pilar no tiene luz —dijo—. Hace muchos años que decidió permanecer dentro de la oscuridad.

Me alarmé y le empecé a hacer preguntas desordenadas, desesperadas… Hasta el punto de que le dije que también tenía miedo de que hubiera matado al abuelo Andreu.

—Calma, calma. Vayamos por pasos. No quiero excusar a Pilar y no pretendo que lo hagas, pero lo que te diré te ayudará a entenderla un poco. Su vida no ha sido nada fácil. Lo sé porque mi madre, Rita, me lo contó. Desde que nació, fue un estorbo para su familia. No la quisieron y ella no ha sabido aprender a querer. Que se casara con un marido que la maltrataba y que este la abandonara cuando nació Miquelet, una criatura con una deformidad…

—Pero ¿por qué me la tengo que cargar yo?

—Porque te interponías entre ella y la única persona por quien hubiera sido capaz de reconducir su vida: tu padre.

—Eso es muy injusto, mucho.

—Lo sé, lo sé…, pero tienes que entender que no lo sabe hacer mejor.

Llúcia se quedó callada durante unos instantes, pero luego me dijo:

—Perdonar es liberador, Regina, pero, por si acaso, no aceptes nunca un regalo de Pilar.

El pánico se apoderó de mí.

«¡El velo, tengo que destruir el velo!»

Tenía tanta prisa que a duras penas le di a Llúcia los presentes que le había llevado: aceite, queso, miel y *mató*, pastelillos caseros… Rosita me había avisado de que la curandera no quería dinero y solo aceptaba víveres.

—Recuerda que tienes luz, mucha luz; pero úsala solo para el bien.

Corrí a casa a toda prisa. Quizá no tan rápido como aquella vez que fui a buscar a Rita para salvar a mamá ni como cuando me escapé de los Torrent, pero corrí como un rayo.

Casi no saludé a la tía, porque fui corriendo a mi habitación. Abrí el armario. En el estante de arriba guardaba el vestido y también el velo de novia. Sobre la cama, abrí la caja que contenía el velo endemoniado. La imagen era horripilante: ¡estaba lleno de gusanos! Los pequeños bichos se alimentaban de los hilos. Y no eran gusanos de seda.

Fui a la cocina, donde estaba la chimenea. Tenía que encender un fuego.

—¿Qué haces, Regina? ¡Si no hace frío ni tenemos que cocinar nada!

—No se preocupe, tía. Yo sé lo que me hago.

Debió de verme tan decidida que no intentó disuadirme. Una vez encendido el fuego, cuando las llamas cobraron fuerza, arrojé la caja con el velo y el resto de su contenido.

—¡¿Allí no guardabas el velo de novia?! —preguntó la tía, muy sorprendida.

Asentí. Al cabo de unos momentos, el fuego creció como si le hubiera echado petróleo. Las llamas no eran amarillas ni rojas, sino negras como el hollín.

—¡Virgen santa! —exclamó la tía Teresina, persignándose un montón de veces.

La llamarada no tardó en extinguirse y comprobé que, entre las cenizas, no había quedado rastro alguno de aquel regalo envenenado. La casa quedó impregnada de un hedor extraño, de aire viciado, de podredumbre fermentada.

Poco a poco, fui recuperando la serenidad.

Y al cabo de unos meses quedé embarazada.

17

Pere Clar i Soldevila, mi hijo, nació en el centro mismo del mercado de Santa Caterina.

Justo el día anterior, había recibido una carta de Josep Maria. Siempre tan oportuno. De todo lo que me explicaba, me quedé con lo que me decía de una mujer a la que había conocido, una pianista polaca que le había presentado el pintor Louis Henri Foreau. En todos los círculos artísticos de París la conocían como Misia. Por cómo me hablaba de ella el «señorito», era evidente que lo había impresionado de verdad, y tuve un arrebato de celos que no hubiera confesado a nadie. Seguramente no tiene ningún sentido, pero siempre he pensado que aquel arrebato, y la rabia de tenerlo, me precipitaron el parto.

Nunca me hubiera imaginado que todo iría tan rápido. Rompí aguas y una fuerza intensa que me surgía de las entrañas me obligó a empujar. Yo sabía que los dolores del parto se podían alargar una eternidad, que venían como olas que retrocedían para tomar más impulso, cada vez más intensas, hasta que llegaban a la orilla.

«Virgen de la Cinta, ¡ayúdame a salir de este apuro!»

Al darse cuenta de la situación, algunas comadres vinieron en mi auxilio y me ayudaron a estirarme en el suelo alfombrado de cáscaras, mondaduras, cartones sucios y jugos producidos por todo tipo de alimentos. Corrió la voz de que una mujer estaba dando a luz entre los puestos. Rosita, alertada, salió del suyo y vino enseguida a mi lado.

—Ay, ay, Regina, ¡que esto va en serio!

Dirigidas por Rosita, unas cuantas mujeres improvisaron una cama de partera: una manta vieja, cuatro trozos de tendales rasgados y un cojín hecho con la falda de una pescadera a quien no le importó quedarse con las enaguas a la vista.

«Gracias, gracias por tanta buena voluntad.»

Fue breve, y hay que decir que aquello fue una suerte, pero tuve tiempo suficiente para que se me pasara por la cabeza lo peor: pensé que me moriría, porque aquello dolía mucho.

Lo que no era normal, en ese momento, era ponerse a pensar en Misia, pero, si dijera que no lo hice, estaría mintiendo.

«¡Eres un caso, Regina!»

Misia, la pianista polaca, la musa de París, la mujer irresistible, admirada, magnética y amante de las artes y de la vida bohemia, como Josep Maria. Desde que había leído la carta, su imagen me acompañaba, y ahora se me apareció más nítida que nunca y volví a sentir rabia.

La criatura salió con una fuerza inusitada, llorando a lágrima viva, anunciando su presencia, con ganas de pertenecer al mundo. Todos los presentes estallaron en gritos de alegría. El aspecto del recién nacido era de plena salud y yo había salido del aprieto.

—Regina, no sabes el regalo que te acaba de hacer la naturaleza con este parto tan corto —me dijo Rosita mientras me secaba el sudor de la frente. Los suyos, pobrecita, habían sido largos y complicados y le debía de parecer un milagro que yo, en menos que canta un gallo, hubiera parido con aquella facilidad.

El resto de las mujeres que nos acompañaban... No sé muy bien qué hacían, pero se habían repartido el trabajo de limpiarme y envolver al bebé, tras cortar el cordón umbilical (¿con un cuchillo de cortar la carne?, ¿las verduras?). Ni tiempo habían tenido para hervir agua, como había oído decir que se hacía siempre. Menos mal que habían dispuesto del agua limpia de la fuente.

Todo era positivo, pero ¡qué vergüenza, parir en medio de hojas de acelga mustias, tomates agrietados y cebolletas podridas!

—¡Es un niño, Regina! ¡Es un niño precioso! —gritó Rosita, emocionada. La hice madrina en aquel mismo momento; no podía ser ninguna otra.

Tomeu llegó resoplando cuando ya habíamos hecho el trabajo. Se agachó a mi lado, aún sin aliento, y empezó a acariciarme y a besuquearme sin parar de dar las gracias.

Rosita le acercó el niño y él lo abrazó con delicadeza. ¡Qué pequeño se veía el bebé entre sus brazos y sus hombros firmes!

Tomeu lloraba, y sus lágrimas emocionadas me llegaron al alma.

Me quería incorporar, pero la pescadera alertó de que tenía que expulsar la placenta, lo cual me costó más que el parto en sí.

—Regina, ¿qué te parece si le ponemos de nombre Pere? —me preguntó Tomeu.

—Oh, claro que sí.

Me gustó que propusiera ponerle el nombre de mi padre… y del barrio.

—¡Y tiene cara de llamarse Pere! —dijo, risueño.

Tomeu y su sentido del humor.

Pere, cariñito, pequeño tesoro, regalo largamente esperado.

Con ayuda de Tomeu y de Rosita, me incorporé. La cabeza me dio vueltas un poco, pero me sentía bien, como si solo hubiera tenido un fuerte dolor de barriga.

—Te tendrá que ver una comadrona —ordenó Rosita.

Nadie la contradijo.

Ni en casa ni en un hospital… No, parí en medio del mercado, con trabajadores y transeúntes desfilando delante de nosotros, como si yo fuera una heroína de guerra. Hubiera sido más bonito que el niño hubiera nacido allí cuando era un convento espléndido de frailes dominicos; lo podía haber hecho en el claustro, en el refectorio… A pesar de todo, quise pensar que el niño había nacido en tierra sagrada y que eso era buena señal.

El camino a casa se convirtió en una especie de procesión, pues nos acompañaba mucha gente. Mientras agradecía las felicitaciones por mi alumbramiento, pensaba en el antiguo monasterio y en lo que me había contado sobre él el abuelo Andreu. Del mercado, del antiguo convento, partía un camino que iba hacia Francia: la llamada Via Francesca. Tantas cosas bonitas que teníamos en el barrio y que nos quitaron como si nos fueran desnudando… Pobre convento. En el año 1835 sufrió un incendio y, al cabo de un par de años, fue derruido a raíz de la desamortización.

El abuelo había vivido aquel horrible incendio que las aguas del Rec Comtal no pudieron apagar.

—Partía el corazón ver las llamas lamiendo los muros y elevándose hacia el cielo lleno de humo, vistiéndolo de tinieblas —contaba el abuelo.

Yo iba mirando al pequeño, que iba en brazos de Tomeu. Era el niño más bonito del mundo. Pere era perfecto. Por sus ojos despiertos, que miraban con atención, daba la impresión de que sería un niño de poco dormir. Echaba la vista atrás y era como si oyera al abuelo:

—Este fue el convento más importante de Barcelona, Regina, y era precioso. Tenía un campanario coronado con una punta piramidal que no era nada frecuente.

—¿Por qué no se llamaba «convento de Sant Domènec», abuelo? ¿Por qué «Santa Caterina»?

—Porque antes había allí una ermita dedicada a esta santa.

Santa Catalina… Había tantas santas que llevaban su nombre…

—¿Y la nuestra, la que dio nombre a la placita y al mercado? —preguntaba con mucho interés.

El abuelo Andreu no eludía nunca mis preguntas, por pesadas y reiterativas que fueran, a veces.

—Nuestro mercado lleva el nombre de Catalina de Alejandría, que es muy venerada por todos los cristianos, pero no podemos asegurar que todo lo que se ha dicho de ella sea cierto. De hecho, ni siquiera sabemos si existió.

Me supo mal pensar que nuestra Catalina podría haber sido un invento.

Santa Caterina, guardeu-nos de tinya.
Santa Caterina gloriosa, guardeu-nos de ronya.[4]

Oh, Felip Torrent, tan pulcro él, le debía de rezar con frecuencia.

Además de intercesora contra la tiña, Catalina era también la protectora de los oradores y los predicadores y la patrona de las muchachas y las sirvientas jóvenes. Seguro que había intercedido por mí.

La tía Teresina nos vino a recibir antes de que llegáramos a casa. Alguien debió de haber ido a anunciarle la buena nueva.

—¡Qué alegría, Virgen santa!

Teresina era un torrente imparable de palabras y de afecto: ya le tenía preparado el faldón de bautizo, una capa bordada con trencillas, el vestidito con faralaes de muselina, el gorrito…

---

[4] «Santa Catalina, guárdanos de la tiña. / Santa Catalina gloriosa, guárdanos de la roña.» (*N. de la T.*)

—Oh, Regina, cuando veas el gorrito, con volantes y cintitas…

Me contagió tanta alegría que no me lo pensé dos veces:

—Tía, si tenemos una niña, se llamará Teresa, como usted.

18

Margarida Xirgu era vecina mía. Aunque yo vivía cada vez más con un pie metido en el teatro, fue casualidad que nuestro primer encuentro fuera en una cerrajería, la Bargas del pasaje Sant Benet, la calle donde residía la actriz.

En aquellos años en los que me hice mujer, el teatro conformó mi mirada y me dio paz de espíritu. Iba siempre que podía y debo decir que fueron unos años gloriosos para el teatro catalán. La Xirgu ya era una estrella y no pude resistirme a hablarle.

—La felicito, señora Xirgu. Soy una gran admiradora suya.

—Gracias.

—Me conmovió el papel de Blanca que interpretó en *Mar i cel*, en el Principal.

Me detuve al darme cuenta de que Jaume, el cerrajero, quería intervenir.

—La copia de la llave ya está lista, Margarida, pero habrá que comprobar si va bien...

—Voy a probarla —dijo un muchachito que acompañaba a la actriz.

—Es Miquel, mi hermano pequeño —informó ella, como si se sintiera en la obligación de decir quién era.

«Miquel, Miquelet.»

—Yo también tengo un hermano que se llama Miquel.

—A Miquelet lo conoce todo el barrio —intervino Jaume con afecto.

El hermano de la Xirgu apareció al cabo de poco y dijo que la llave iba perfectamente. Mientras tanto, yo le había dejado a Jaume la llave que había llevado, para que también me hiciera una copia.

Al salir de la cerrajería y antes de despedirnos, comentamos unas cuantas coincidencias: que éramos vecinas, que nuestros padres se llamaban Pere, que habían sido cerrajeros y que cada una tenía un hermano que se llamaba Miquel. Y, para acabarlo de redondear, ella había trabajado en una pasamanería y yo era empleada de Can Vilumara.

—Por fuerza nos volveremos a ver —dijo ella.

—Seguro —afirmé, convencida—. Ya sea por el barrio o en el teatro, nos veremos pronto.

Me hubiera quedado más rato hablando con la gran actriz de Barcelona, pero su hermano se inquietaba y yo quería estar en casa antes de que llegara Josep Maria. Me había dicho que vendría a visitarnos. Algunas veces, cuando venía a Barcelona, se instalaba en casa de Joan Maragall, en Sant Gervasi. El poeta también había nacido en nuestro barrio, en la calle Jaume Giralt, donde su padre, Josep Maragall, había instalado un taller textil.

Yo había leído algunos poemas de Joan Maragall, ya que, cuando vivía con la familia Sert, Josep Maria los había puesto a mi disposición. Sert admiraba a Maragall, que tenía catorce años más que él. Dejando a un lado el origen familiar —y el hecho de que los dos habían dejado la fábrica del padre porque el arte los había secuestrado—, los unían la religiosidad y la fe en el progreso y la modernidad.

Josep Maria prefería instalarse en casa del poeta antes que ir a su casa; no por Dolors y Carme, sino por su hermano, Domènec, con quien siempre estaban como el perro y el gato. Solo se soportaban por educación y por el recuerdo de los padres.

No tenía tanta amistad con Joan Maragall como con los pintores Casas y Rusiñol, pero se entendían y se apoyaban entre ellos.

—A Maragall le gusta lo que pinto —me había dicho más de una vez Josep Maria— y su opinión es importante para mí.

Mi amigo siempre tenía la necesidad de sentirse querido. Y eso que, por aquel entonces, ya se había consolidado como pintor. Desde la exposición que hizo en el Salon d'Automne de París, Josep Maria era un artista internacional. En Barcelona también recibió encargos importantes, como el de pintar la Sala dels Passos Perduts del nuevo Palau de Justícia. Grandes personalidades de la ciudad lo reclamaban, como Fernando Fabra, el segundo marqués de Alella —y cuya familia estaba vinculada con la suya—, que quiso que pintara el salón de baile de la casa que tenía en la rambla de Canaletes.

Aunque siempre tenía mucho trabajo, Josep Maria supo sacar tiempo para venir a vernos. En ello influía que lo hubiéramos hecho padrino de Pere, cosa que lo complacía. Tomeu estuvo muy de acuerdo.

La tía Teresina se puso muy nerviosa al saber que vendría a su casa una persona tan importante.

—Tía, no se preocupe, que Josep Maria es como de la familia…

Lo vi animado. Tomeu y él congeniaban. Los unía el sentido del humor y para mí era un alivio que mi marido y mi amigo pudieran convivir sin aquella manía de los machos de marcar territorio. El pequeño Pere se convirtió en el centro de atención de todos.

—Me alegro de que estés bien, Regina —me dijo con sinceridad—. A veces, después de los partos…

—Estoy muy bien, sí. Gracias.

—La madre de Misia, sin ir más lejos, se quedó en el parto… Te he hablado de Misia, ¿verdad?

«Sí, Josep Maria, me has hablado de ella.»

Era evidente que estaba profundamente enamorado, pero no quise seguir hablando de ella y bromeé sobre el hecho de que yo había parido en el mercado, y él me siguió la corriente.

—Eres única, Regina. Me hubiera gustado inmortalizar la escena.

—Uy, ¿pero qué dices? ¡Con aquellas pintas!

Josep Maria se interesaba por nosotros, pero yo sabía que, sobre todo, ardía en deseos de hablar sobre él. Era egocéntrico, no hace falta maquillarlo demasiado. Como tantos años atrás, su fijación conmigo se explicaba porque veía en mí un buen espejo para su arte. Lo conocía y lo dejaba hacer. Además, aquel día era él, el protagonista.

—Explícanos cómo ha quedado el salón de baile del marqués de Alella —le pedí, y ya lo tuve bien cómodo en su terreno.

—Para mi gusto, demasiado recargado, porque el marqués ha querido que las pinturas cubrieran por completo el techo rectangular y las cuatro paredes.

—Aquello del *horror vacui*, ¿verdad? —intervino Tomeu.

—Exactamente.

Josep Maria debió de quedarse sorprendido ante la pregunta de mi marido, que sí, tenía pocos estudios, pero leía, escuchaba y se espabilaba mucho.

—Ha sido algo exigente, el marqués, porque ha querido que la pintura fuera de factura neoclásica.

Se explayó más de la cuenta, explicándonos que la temática de aquellas pinturas desarrollaba un tema monográfico: el canto a la vida identificado con el amor. Cuando un tema le gustaba, no había manera de pararlo. Con el tiempo, cualquiera que siguiera su trayectoria podría constatar que, con aquella serie de alegorías, inició su trayectoria como muralista de salones que tanta fama le daría.

Nos hizo reír cuando nos habló del encargo que recibió de Winnaretta Singer, la princesa de Polignac, hija del multimillonario inventor de la máquina de coser. Tocaba muy bien el arpa, decía Josep Maria; era una «lesbiana desvergonzada» y se había casado con un príncipe que decían que también era homosexual. Un casamiento de cara a la galería, vaya. Me fijé en el rostro de la tía Teresina, que se debió de quedar solo con la palabra «desvergonzada»; las demás dudo que las entendiera. De todas formas, la tía se encargó —y con exquisitez— de que en la mesita del saloncito no faltaran café, moscatel ni unas pastas buenísimas que hacían en la panadería donde trabajaba Vicenç.

—A estos príncipes —indicó Tomeu— hay que agradecerles que hagan una buena obra financiando y protegiendo a muchos compositores.

Mi marido siempre veía la parte positiva de todo.

Nos reímos mucho. Tomeu enseguida le siguió el juego y la tía se sintió feliz al ver que su querido sobrino se relacionaba tan bien con aquel pintor tan importante.

Se acercaban tiempos muy convulsos, más de lo que yo me podía imaginar. La gente estaba disgustada. No era nada nuevo, pero siempre hay situaciones que hacen que estalle el malestar. Los sueldos insuficientes, que provocan miseria y hambre; las guerras…

La leva de reservistas catalanes para llevarlos a la guerra de Melilla fue la gota que colmó el vaso y dio rienda suelta a las tensiones del pueblo. A principios del verano de 1909 corrían voces por la calle, por los quioscos del pasaje, por el mercado, por los rellanos de las casas… Que no era justo que la mayoría de los movilizados fueran catalanes, decían. Y yo rezaba para que no se me llevaran a Tomeu.

Había acabado de bajar la escalera de Can Vilumara —sí, seguía trabajando, porque la tía Teresina se quedaba a cargo de Pere— cuando me topé con Margarida Xirgu. De vez en cuando nos encontrábamos por la calle: coincidíamos en las tiendas y hasta nos deteníamos y manteníamos pequeñas conversaciones. Nos íbamos haciendo amigas.

Margarida estaba muy alterada.

—¡Quieren enviar a nuestros hombres a Marruecos! Como si no lo supiera bien.

—¿Y el tuyo, Regina? —me preguntó. Entonces ya nos tratábamos de tú.

—Tengo mucho miedo de que lo llamen a filas —respondí, nerviosa.

—Dicen que, pagando, te puedes librar.

—Lo sé, Margarida, gracias. Lo estamos intentando…

Nos despedimos, tras desearnos suerte con un abrazo.

Necesitábamos seis mil reales para eximir a Tomeu. Los obtendría ni que fuera sacando las piedras de Sant Pere de les Puel·les. Y el broche: si hiciera falta, vendería el broche de la monja Genoveva, quien seguro que aprobaría mi acción.

No fue necesario, sin embargo, porque, entre lo que teníamos ahorrado y lo que agregó la tía Teresina, Tomeu no tuvo que ir a la guerra.

Pobre mujer, la tía; se quedó sin un real.

—Descuidad —nos repetía—: me siento feliz de haber podido ayudar.

No obstante, no todos tuvieron la misma suerte que Tomeu, pues los obreros no podían pagar esos importes.

Nosotros también éramos clase obrera, pero habíamos conseguido ahorrar un poco y teníamos el tesoro de tener una tía generosa. El propio Vicenç, pobre muchacho, fue movilizado.

Los reclutas habían empezado a embarcar el 9 de julio, pero la tensión se agudizó a partir del día 18. Las noticias que llegaban de las bajas que había causado la guerra entre nuestros combatientes desataron la furia. Habían muerto ya trescientos reservistas.

Indignación, rabia, impotencia.

A los mítines les siguieron las huelgas, los brotes de violencia, las barricadas, los asaltos a tranvías, los incendios…, y Juan de la Cierva que declaraba el estado de guerra.

En el Quarter de Sant Pere también se levantaron barricadas, con las mujeres implicadas de lleno, comandadas por Rosa Esteller, la Valenciana. Yo quería ir, pero en aquella ocasión la tía Teresina se puso firme.

—No he ayudado a Tomeu para que ahora seas tú quien pierda la vida.

Y a regañadientes me quedé en casa, sintiéndome cobarde e insolidaria, pero abrazada a mi hijo, que solo tenía un año y pocos meses.

A Barcelona le decían la Rosa de Fuego, pero yo la veía más bien como una tea ardiente.

Doscientas cincuenta barricadas, ochenta edificios religiosos quemados, entre ellos Sant Pere de les Puel·les, que perdió, devorada por las llamas, la Torre dels Ocells. Un sinfín de heridos y muertos. Proclamación de la ley marcial, represión, procesos militares, fusilamientos, y la destitución de Maura por parte del rey, Alfonso XIII.

Pasado el verano, regresaba una relativa calma, que era solo aparente, pero la fuerza vital nos empujaba a seguir adelante. Ya lo decía el abuelo: como siempre hemos hecho los catalanes.

Si hubiera visto los cambios que se producían en la ciudad, en su Quarter...

Ya hacía un año que habían empezado las reformas que afectaban a nuestro barrio, el cual, como otros, experimentaba un crecimiento demográfico continuado desde mediados del siglo anterior. El crecimiento era vertical: se iban agregando pisos a las plantas bajas o a los edificios, los cuales, en opinión de los propietarios, aún tenían pocos. Disparates.

Como habían hecho cuando derribaron las murallas, querían abrir espacios, hacer una gran calle que bajara desde arriba del Eixample hasta el mar: la que sería la Via Laietana.

Que lo llamaran como quisieran: apertura, reforma, adecuación de las nuevas tendencias urbanas... El caso es que se convirtió en un auténtico drama humano, porque miles de vecinos fueron expulsados de sus casas. A los propietarios se los indemnizó, sí, pero los arrendatarios, que eran muchos, no tuvieron ninguna alternativa. Los escombros de los edificios que se iban demoliendo generaban un polvo que hacía irrespirable el aire. Hasta el pasaje Cirici se convirtió en un túnel que parecía invadido por el humo de un tren de vapor.

Un día me encontré con Josep Maria de Sagarra, a quien también admiraba. Estaba comprando el diario en el quiosco que vendía la prensa y comentando los desastres con el señor Leandro.

—Llegar a casa es una aventura peligrosa. Lo reconozco —decía—, he de pedir ayuda al vigilante para que me acompañe, para no ser víctima de ningún delincuente.

Tenía razón. Todos se la dábamos. A su alrededor se formó un corro. Había quien opinaba, pero la mayoría solo asentía con la cabeza.

En aquel entonces, Josep Maria de Sagarra vivía en la calle Mercaders. Sufría la reforma que lo dejaba todo lleno de escombros y que convertía la zona en un lugar inhóspito, intransitable.

—Oscuro y abandonado —insistía Sagarra.

—Y lleno de barracas infectas que se extienden por todas partes —agregaba Leandro—, donde vive la gente a la que han echado de casa y no sabe a dónde ir.

«Los de arriba» creían que lo solucionaban salvando algunos de los edificios emblemáticos del Quarter, como la casa Padellàs, que plantaron en la plaza del Rei. Menos mal, sí, pero no decían nada de los palacios que se demolieron: el de Monistrol, el de Ponsic y el de Sentmenat, que tenía jardines y saltos de agua y todo.

No habíamos solucionado nada, pero, como mínimo, nos habíamos desahogado.

Al salir del pasaje, me encontré con la Xirgu, que iba contenta como si no hubiera penas en el mundo, o eso me pareció, pues le habían dicho que rodaría una película, *Guzmán el Bueno*.

La vida debía continuar, y la función también.

19

Tomeu también se convirtió en un gran amante del teatro. Íbamos siempre que podíamos y Teresina nos cuidaba a Pere. El año 1910 empezó con frío. Era invierno y, a principios de febrero, se estrenó en el Teatre Principal la obra *Salomé* de Oscar Wilde.

Yo sabía que a Xirgu no le gustaba la actitud de Jaume Borràs —ella misma me lo había explicado—, ya que se mostraba demasiado «apasionado» en según qué escenas. ¡Y la angustia que le daba la cabeza de san Juan Bautista! Era consciente de que aquella cabeza era de mentira, pero se la veía tan peluda y tan real que le daba mucha aprensión tener que besarla.

—Me da mucho asco, Regina. No sé si lo podré disimular.

Por supuesto que pudo. Era la mejor. Pensé que los actores se debían de encontrar a menudo con este tipo de problemas: te gusta la interpretación, sí, pero todos tenemos nuestras manías.

Aquella Salomé resultó un escándalo, mira por dónde. Hubo algunos que consideraron que la danza de los siete velos que bailaba la Xirgu pasaba de castaño oscuro, y la compañía fue despedida del teatro.

—Ya me dirás, Regina —me dijo ella en la mercería del pasaje Cirici, donde coincidimos mientras comprábamos—; si solo he enseñado el vientre y un poco de muslo.

Tenía razón en que no era para tanto.

El diario *La Tribuna* dijo del caso: «Salomé es una figura llena de peligros para ser exhibida en la escena, especialmente la nuestra».

Fue Tomeu quien me lo leyó, divertido: le parecía ridículo que según qué personas se escandalizaran por ese tipo de cosas.

—Que la gente se muera de hambre, ¡eso sí que los debería preocupar!

Cuando decía estas cosas, adoptaba una actitud seria, de amonestación. No le gustaba entrar en polémicas políticas; era de los que creían que, cuando un gobernante tenía el poder, la corrupción lo echaba a perder. No les tenía ninguna confianza, a los dirigentes políticos.

Aquel mes de septiembre, Margarida Xirgu se casó con Josep Arnall y dejamos de ser vecinas, pues se fue a Madrid. Aun así, yo la fui siguiendo a través de las noticias. En el barrio todos lamentamos su partida, a pesar de que nos alegrábamos por ella, pues se le abrían nuevos horizontes y la posibilidad de prosperar.

Dolors y Carme, las hermanas de Josep Maria, eran de la misma opinión. Aprovechando una de sus estancias en Barcelona, me invitaron a merendar. A Tomeu también, pero él necesitaba aprovechar aquella tarde de domingo para acabar unos diseños. Lo entendieron. Los

Sert siempre ponían el trabajo por delante de todo. Yo no lo veía tan así.

Fui con Pere, eso sí, pues Carme y Dolors tenían ganas de verlo. Ya tenía dos años y estaba muy divertido, si bien era un niño que, por así decirlo, no sabía reír. Tenía un aire serio, incluso malhumorado, lo cual, siendo tan pequeño, resultaba gracioso.

¡Qué ilusión me hizo ver a Antonieta! La veía poco, porque la mujer casi no salía de casa. Había envejecido, claro. Tan alta y robusta que era, se había encogido e iba algo encorvada. ¿Qué se había hecho de aquella espalda tan recta? Antonieta seguía en la casa y seguro que moriría en ella. Me gustó comprobar que Dolors y Carme la querían como si fuera de la familia.

—¡Qué niñito tan despierto! —exclamó Dolors, a quien le encantaban los niños.

Pere era un niño espabilado, eso se veía enseguida.

Josep Maria también le hizo alguna fiesta, pero, en cuanto pudo meter baza, habló de sí mismo. Bueno, después de todo, era lo que queríamos.

Se quejó de la Sala dels Passos Perduts, la que había pintado en el nuevo Palau de Justícia.

—No me convencen para nada, esas pinturas…

—¿Por qué no te gustan? —pregunté con interés.

—Me he dejado llevar por las tendencias italianas y las de estilo novecentista, que tanto gusta aquí… En cuanto pueda, las volveré a hacer.

No dije nada, ni las hermanas tampoco, pero me parecía que a quien tenían que gustarle era a quien las había encargado. Josep Maria era muy suyo y, si se le había metido eso en la cabeza, seguro que los convencería para que le dejaran hacer algunos retoques.

Yo tenía curiosidad por conocer a Misia, su amante, pero a la casa familiar, donde vivían sus hermanas, fue sin ella. No estaban casados ni prometidos oficialmente y presentarse con ella hubiera dado lugar a mucho chismorreo. Misia ya se había casado dos veces y se había divorciado de ambos maridos. Todo el mundo decía que era una mujer muy atractiva, elegante y de mundo.

El mundo.

El mundo llamaba a Josep Maria y en Barcelona se quedaría poco. De todos modos, me hacía ilusión que, a pesar de que su trayectoria lo alejaba de la ciudad que lo había visto crecer y de que nuestras diferencias de clase eran evidentes, el niño enclenque por quien tanto había suspirado siguiera siendo mi amigo.

La tía Teresina contrajo un resfriado muy fuerte, causado seguramente por airearse demasiado en el terrado para distraer a Pere. Ni bien llegué del trabajo, la obligué a guardar cama y fui a la farmacia Padrell a buscar eucalipto para que se hiciera vahos y cola de caballo para calmarle la tos.

Ramon me recibió con una sonrisa de oreja a oreja y enseguida le dio caramelos de menta a Pere. Mientras los royera —él no los chupaba, los masticaba directamente—, nosotros podríamos hablar un poco.

—Te tengo una buena —dijo con expresión traviesa.

—Venga, va, dime.

Sacó pecho como una paloma y dijo:

—Me he encontrado a Felip Torrent en una vespasiana... Yo estaba dentro, cambiándole el agua a las aceitunas, y él, desde fuera, miraba hacia el interior.

—¿En una vespasiana? ¿En un urinario público?

—Exacto, en la que está en la plaza Urquinaona. Cuando he salido, me he apartado y, discretamente, he comprobado que sí, que era él, y que iba dando vueltas a la vespasiana acechando por las rejillas superiores.

—Quieres decir que... ¿miraba?

—¡Y tanto! No tengo ninguna duda.

Me sorprendió, pero, si lo pensaba bien, no era nada extraño. Él y sus porquerías.

No me había interesado nunca por aquellos edículos, entre otras cosas porque solo se habían creado para los hombres, como si las mujeres no tuviéramos necesidades fisiológicas.

—Y ahora que lo dices, Ramon, eso de «vespasianas», ¿de dónde viene?

—Ah, eso viene del impuesto que el emperador estableció para los lavanderos y los tintoreros, que necesitaban la orina para lavar la ropa y fijar los colores de los tintes. Hay mucha gente, sin embargo, que cree que el emperador Vespasiano hizo colocar urinarios públicos por la ciudad de Roma, y no es así.

Ramon hizo una pausa y cambió de tema:

—Parecería que hoy tengo el día torcido, porque, cuando volvía, nada más girar la esquina, me he topado con Pilar, toda ajetreada, tomando notas en una libreta. Creo que hace cuentas con el demonio —dijo Ramon con picardía.

Mi amigo debió de ver mi cara de «no me hables de ella» y Pere, cansado de esperar, empezó a tirarme de la falda. Pagué las hierbas y, al salir, Ramon me dijo, risueño:

—Le seguiré la pista, a este fisgón.

Solo sonreí a medias, pues la idea de seguir las actividades del «señor» Felip Torrent no me hacía ninguna gracia. Solo podías salir escaldado.

Llegué a casa para atender a la tía, que no paraba de toser. Antes, sin embargo, dejé a Pere con Tomeu, que estaba en el palomar. Se entretenía mucho con su padre en la azotea. Tomeu le mostraba las diferentes palomas y el pequeño lo aprendía todo, pero también tenía arrebatos de mal genio y, cuando algo lo contrariaba, arremetía contra ellas.

—Tienes que respetarlas, Pere. A los animales hay que respetarlos —le decía siempre.

Tomeu, nobleza, bonhomía, afecto, ternura…

A pesar de los arrebatos del niño, aquel fue un período placentero para mí; un período que el destino decidió trastocar para arrastrarme en su giro repentino.

Había preparado las infusiones, había hecho que la tía Teresina se tomara la cola de caballo y había colocado una olla con agua hirviendo y los eucaliptus, para que la ayudaran a respirar. Mientras tanto, me puse a preparar la cena, una escudella de sémola.

Tomeu no era una persona que alzara la voz, pero lo oí por el patio de luces de la cocina. Desde allí me llegó la reprimenda que le estaba dando a Pere, que cada día estaba más travieso y no hacía más que diabluras. Daba trabajo. Tomeu se apañaba bastante bien vigilando al niño él solo —algunos hombres no sabían hacerlo—, pero, por su tono de voz, me pareció que no le iría mal un poco de ayuda. Debía de estar cansado.

—Tía, subo un momento al terrado —le avisé, asomándome a su habitación.

Al llegar al rellano de la escalera, que daba paso al terrado, lo primero que vi al abrir la puerta fue al niño trepado al pretil de piedra y mirando hacia abajo. Lo separaban de la calle cuatro pisos.

Tomeu, que me vio, me detuvo con un gesto de la mano, para que el niño no se asustara con mi presencia ni hiciera ningún movimiento que pudiera hacerlo caer del pretil.

Inmóvil y aterrorizada, le hice caso. Siempre me arrepentiré.

Lentamente, pero con decisión, Tomeu se fue acercando… Cogió al niño bruscamente y lo dejó en el suelo.

Gracias, Dios mío.

Lo riñó.

—¿Cómo te tengo que decir que no te subas al pretil? Diantre de niño. ¿Que no ves que te puedes caer?

Tomeu se lo dijo muy enfadado. Yo también lo estaba.

El pequeño dejó ir el mal genio natural que tenía, abrió una jaula y cogió una paloma por el gaznate.

Con rabia —aún no sé de dónde sacó aquella fuerza—, Pere lanzó la paloma a la cara de su padre y le dio en los ojos.

Y todo pasó en un instante.

Tomeu perdió el equilibrio, dio un paso hacia atrás y chocó con el pretil. Del golpe, una piedra se desprendió del murito, como en la película que vi años más tarde, la de Ben-Hur, cuando la hermana del protagonista, al inclinarse sobre el pretil, hace caer una piedra que se estrella contra el séquito imperial.

Tomeu se tambaleó unos breves instantes; yo me lancé hacia él enseguida y lo cogí por la camisa, pero el peso de su cuerpo venció y solo me quedé con un retal en la mano. Tomeu cayó al vacío.

Y el mundo se me vino abajo.

Tiempo más tarde, rememorando aquella escena terrible, pensé que el destino había tomado la decisión equivocada. Sé que es horrible decirlo, pero quien tendría que haber caído era el niño, no Tomeu.

TERCER TRAMO

20

—Regina, mamá se llama Regina, ya lo sabes —le repetía a Pere, que ya tenía siete años.

—¿Y por qué Miquelet le dice «Degina»?

—Porque le cuesta mucho pronuncias las erres, ya te lo he explicado.

Pere era listo, pero tozudo como una mula y, cuando algo no encajaba con lo que él consideraba que debía ser, intentaba cambiarlo. Como mi nombre no le gustaba, quizá pensaba que, a fuerza de írmelo preguntando, me rendiría y me bautizaría de nuevo.

—Me gusta más Teresina —me decía, como si quisiera ponerme celosa.

Pues qué le vamos a hacer.

Era difícil de educar, aquel crío. No lograba hacerlo como me hubiera gustado. Quizá tenía que ver con que contaba demasiado con la tía Teresina. Y, sin Tomeu, se me hacía más cuesta arriba.

Tomeu...

Hacía cinco años que ya no estaba y no había día en el que no me encontrara con alguien que me hablara bien de él, que guardara un buen recuerdo.

Yo era viuda, como muchas de las monjas comendadoras, que, cuando se les moría el marido, volvían al convento y acababan sus días en santidad, rezando por los demás. La monja Genoveva volvió al convento cuando se quedó viuda. No sé si mi madre se lo inventó o si fue mi abuela o mi tatarabuela quien creó su historia legendaria.

Regina, viuda triste, nostálgica del marido perdido. Madre decepcionada.

Me volqué en el trabajo. Me había convertido en una de las mejores operarias y conocía la seda como si fuera mi propia piel. La tía Teresina se ocupaba de Pere cuando hacía falta, y menos mal que con ella no tenía aquellos arrebatos de cólera. La quería más que a mí, pero no me importaba en absoluto, porque todo quedaba en casa.

Josep Maria quería pagarle los estudios y no aceptó un no por respuesta.

—Que sí, Regina, que es mi ahijado.

Puso una condición, eso sí: que fuera a los Jesuitas. Yo quizá hubiera preferido que fuera a La Salle Condal, a donde había ido Tomeu, pero no quise llevarle la contraria.

Me preocupaba que la generosidad de Josep Maria fuera demasiado cercana a ser un manirroto. Parecía desconocer la palabra «ahorro». No me preocupaba por mí, por el hecho de que no pudiera pagar los estudios de Pere, sino porque él no supiera llegar a viejo con la vida arreglada, como se merecía.

Lo bueno era que, para ir a los Jesuitas, mi hijo tenía que atravesar el pasaje. Ya iba él solo, a la escuela, pero alguna vez, si podía, lo acompañaba o lo iba a buscar y hacíamos un trecho juntos.

Cuando era muy pequeño y apenas caminaba, ya lo había llevado allí y conocía a todos los tenderos de los quioscos y a bastante gente que trabajaba en los almacenes.

—Aquí, mamá tenía un escondite —le expliqué un día.

Lo quiso ver. Pere era así, decidido.

Por suerte, aquella puertita auxiliar aún se abría, pero haciendo un chirrido terrible, pues probablemente ya no se utilizaba. Porque yo sabía dónde estaba; si no, pasaba totalmente desapercibida.

Y, como hacía con Miquelet, saltábamos los escalones.

Miquelet…

Era grande, tenía treinta y ocho años e iba bastante a lo suyo, pues Pilar se desentendía de él en buena medida. Venía a casa con frecuencia y se entretenía con las palomas, que yo me iba sacando de encima —me las compraban—, porque me recordaban demasiado a Tomeu.

Tenía entendimiento, Miquelet; poco, pero tenía, a pesar de que a veces parecía ausente. Seguramente, era un refugio interior para resguardarse de los demás, para huir de sí mismo.

Había ganado en independencia y había mejorado un poco de la cojera que tenía. Lo más probable era que se hubiera acostumbrado. Ganaba algún dinerillo haciendo recados por el barrio, acompañado de un carretón que arrastraba con la mano buena. En el mercado de Santa Caterina, todo el mundo le daba trabajo.

Una tarde, fuimos al mercado con Pere y Miquelet.

Al verlo con el carretón, me acordé de una historia que me contaba el abuelo Andreu y se la repetí a ambos.

—Antiguamente, la placita de Santa Caterina se llamaba «placita de los Carretones». El día de santo Domingo, se celebraba allí una feria de cántaros. Los monjes tenían en el claustro un pozo de agua milagrosa que decían que curaba las fiebres tercianas y ese día repartían agua a quien la pidiera. Para que el agua no se contaminara, se solía estrenar un cántaro.

Miquelet, grandullón como era, me escuchaba embobado como cuando era jovencito y atendía a las explicaciones del abuelo Andreu. Y mira que la historia del pozo, de las tercianas y de los frailes dominicos se la sabía de memoria. Pere, en cambio, no parecía demasiado interesado.

—Quiero irme a casa —refunfuñaba.

Se ponía muy nervioso cuando tenía cerca a Miquelet. Ya desde que era un bebé lloraba nada más verlo. Y mira que era afectuoso, el pobrecito… Había lamentado mucho la muerte de Tomeu. Su madre, quién sabe, es muy posible que se alegrara: no le debió de gustar que le cuestionara sus derechos sobre la casa del abuelo Andreu. Yo había dejado arrinconada la cuestión de la herencia, pero no la había olvidado. Estaba bien atenta a cualquier hecho que me permitiera poner de nuevo el tema sobre la mesa. Sin Tomeu, no obstante, sería difícil. Iba perdida y tenía otras preocupaciones. De momento, me conformaba con la actitud de Pilar, que no ponía ninguna traba a que viéramos a Miquelet, y a mí ya me debía de considerar bastante desgraciada por haber perdido a mi marido.

Como Miquelet tenía trabajo y Pere estaba a disgusto, nos despedimos. Mi hermano se fue para el mercado y Pere y yo para la farmacia. A mi hijo le gustaba ir allí. Quedaba embelesado con los vitrales, con el color que adquiría la luz a través de ellos, y se llevaba bien con Ramon, sobre todo porque siempre le daba golosinas.

—¡Qué alegría veros! —exclamó Ramon en cuanto entramos—. Ya tenía ganas de charlar un rato.

Y estuvimos conversando mientras Pere chupaba vorazmente el azúcar candi y yo le decía que parara, que guardara un poco para más tarde, que el azúcar no era bueno para los dientes.

Me olvidé de mi hijo por un rato, primero porque no hacía caso a lo que le decía y también porque quería conversar con Ramon. Un tema inevitable fue la guerra que tenía al mundo entero en alerta y en vilo. Y eso que nosotros solo notábamos las consecuencias de manera incidental. Animados con la conversación, no nos dimos cuenta de que había entrado Vicenç. Tan bien que íbamos…

—¿Os estorbo? —preguntó con ironía.

—No, yo ya me iba —respondí, displicente—. Venga, va, Pere, que nos vamos.

Con Ramon intercambiamos una mirada. Él ya sabía lo que pasaba con Vicenç, pues yo se lo había contado. Había salido con vida de la guerra de Marruecos y, como todo el mundo que ha ido a la guerra —quien más, quien menos—, volvió tocado y con un buen tajo en el costado, como Jesús de Nazaret. No era casualidad que me lo encontrara cada dos por tres. Si me paraba a pensar, hacía más de un año que se hacía el encontradizo por las tiendas, cuando salía de Can Vilumara…

Virgen santa, ya estábamos otra vez.

Yo enseguida le preguntaba por los niños y por Rosita. Vicenç no la quería demasiado y eso me sabía muy mal. Con lo que a ella le gustaba aquel bendito cabezota…

Además de perseguirme, se dedicaba a darme consejos.

—Eres joven, aún, puedes rehacer tu vida.

Y yo replicaba hablando de Tomeu, diciéndole que nunca encontraría a un hombre como él. Le echaba varios jarros de agua fría, pero él, como quien oye llover. De vez en cuando aparecía y me decía que no era feliz, que no se tendría que haber casado con Rosita. Qué cruz.

Sin embargo, como pasa a menudo, una preocupación más grande me distrajo de aquel incordio.

Ramon me había alertado, no lo puedo negar.

Un domingo, Miquelet vino a casa, como era habitual, para hacer volar a las palomas. Si aún conservaba algunas era por él, porque Pere cada vez las soportaba menos. Me imagino que les tenía manía, ya que las palomas estaban relacionadas con las visitas de Miquelet, precisamente.

Al saber que venía, Pere se quedó dibujando en el comedor con la tía. Se le daba muy bien, como a Tomeu.

Estaba contento, mi hermanito —nunca me acostumbraría a llamarlo «hermanastro», a menos que fuera necesario por alguna cuestión oficial—, y parecía que guardara algún secreto, como un niño pequeño. Me alegré por él, si podía disfrutar de un momento de felicidad.

Enseguida me fijé en que iba muy bien vestido.

—*¡Idò!* ¡Pero qué guapo estás!

Sí, me acostumbré a aquel «idò» de Tomeu.

Miquelet se puso rojo y me dijo que era un regalo. Creo que no me lo quería decir, pero se le escapó.

—¿Quién te ha regalado este traje?

—No te lo puedo decir…

Hacía que no con la cabeza, mientras acariciaba una paloma que arrullaba de placer. Aquella paloma conocía a Miquelet.

Me inquieté, porque la felicidad que rezumaba era extraña.

—¿Tu madre? —insistí—. ¿Te lo ha comprado tu madre?

Lo negó con la cabeza.

¡Qué misterios!

—Yo también tenía un secreto —le dije cariñosamente, intentando enternecerlo—. ¿Te acuerdas del escondite? Y lo compartí contigo.

Eso lo hizo dudar. Seguía sin decir nada, sin embargo. Aflojé; era evidente que, cuanto más forzara la cosa, peor sería. No me lo contó hasta que nos despedimos. Yo estaba parada en el rellano, despidiéndolo con la mano, y él ya se alejaba cuando, de golpe, me dijo que el regalo envenenado se lo había hecho «el señor Torrent».

Y aquello me espeluznó.

21

Felip Torrent era un monstruo malintencionado y sin escrúpulos. ¿Cómo era posible que alguien se aprovechara de una persona como Miquelet? Porque se había estado aprovechando de él, de eso no tenía la menor duda.

Había abusado de mí, de Miquelet y quién sabe de cuántas criaturas más, porque aquella pequeña criada que tuvieron los Torrent, aquella a la que sacaron de un hospicio y se les murió... ¿Y la gente? ¿Lo sabía? Quizá sí, pero todo el mundo callaba, porque a menudo el hambre y la miseria te obligan a actuar de manera indigna, y puede que algunos pensaran que las criaturas no tienen memoria, que cuatro toqueteos no van más allá, que es un juego como cualquier otro. Mentira podrida: los niños son los que menos olvidan, y quedan marcados con fuego, porque en su candor se ha perpetrado un crimen infame que ha traicionado su confianza inocente.

Pero que se aprovechara de una persona que no tenía suficiente discernimiento...

Felip, manos sudadas, mente depravada. Verdugo.

Ramon era quien me secaba las lágrimas, quien me consolaba ofreciéndome el hombro, quien me ayudaba a soportar aquella situación. Él ya hacía tiempo que me había advertido de que Torrent entraba y salía de la casa del abuelo Andreu. En una ocasión, yo misma lo había visto salir de allí: cuando Miquelet había tenido una pulmonía y Felip le había conseguido un entresijo. Aquel entresijo me tapó los ojos, me hizo olvidar lo que no quería aceptar de ninguna de las maneras.

Ramon había aguzado las orejas y había abierto los ojos mientras yo me los tapaba. Una serie de detalles completaron el rompecabezas y, a través de mi amigo y confidente, supe cómo había hecho Felip para ganarse el afecto de Miquelet y traicionar su candidez.

Con la excusa de que Pilar ya no tenía fuerzas suficientes para cargar con Miquelet en según qué tareas —como cuando tenía que obligarlo a bañarse, porque no siempre lo aceptaba de buen grado—, Felip entró en escena. Pilar era muy pulcra, eso no se le podía recriminar. Compartía la necesidad de la limpieza con Torrent, y este, con la excusa de hacer una obra de caridad de aquellas de las que siempre alardeaban él y su madre, se encargó de ayudar a una persona discapacitada.

Sin embargo, solo yo sabía hasta dónde podía llegar Felip Torrent.

Quise llevarme a Miquelet a casa.

—No es una buena idea, Regina —me aconsejó Ramon—, sobre todo porque está Pere, que no se lleva bien con él. No te compliques más la vida.

Ramon tenía razón; siempre la tenía. Día tras día, en vez de unirnos más, Pere y yo nos distanciábamos por cualquier motivo sin importancia. ¿Era posible que mi hijo y yo no tuviéramos empatía? Pere, carne de mi carne, qué lástima, qué pena. Me dolía de solo pensarlo. Cuando me miraba, siempre había un reproche, silente pero profundo, y cuando me hablaba solo era para abrir heridas que no cicatrizaban.

«¡Que soy tu madre, mocoso!»

Aquello no lo afectaba.

Era muy jovencito, Pere, todavía un niño, pero era él quien mandaba en casa, porque a la tía Teresina, que ya chocheaba, le tenía abducida la voluntad. Ella se lo perdonaba todo: igual que cuando era pequeño y le reía todas las gracias. La tía Teresina no supo nada de aquella historia miserable de mi hermanito. Bastante pena tenía ya con haber perdido a Tomeu.

—¿Qué puedo hacer, Ramon? Con Miquelet, quiero decir… —le pregunté a mi amigo, apoyándome en el mostrador de la farmacia.

Me miró con pesar. Él sabía por lo que yo había pasado con Torrent, porque se lo había confiado.

—De momento solo puedes observar, seguir de cerca a Miquelet, estar pendiente de que esté bien y… No lo sé, no lo sé, porque si él es feliz y no hay más revuelo…

—¿Me estás diciendo que lo pase por alto?

—No, mujer, tampoco es eso…

—No puedo consentir esta barbaridad. Si lo hiciera, me convertiría en cómplice de Torrent, y eso no me lo perdonaría.

Sin embargo, seguí la recomendación de Ramon: vigilarlo más.

—¿Va todo bien, Miquelet? —le preguntaba a menudo, cuando me lo encontraba por el mercado o lo iba a visitar.

Asentía con la cabeza y la baba le resbalaba por la media sonrisa que esbozaba de costado.

Nunca había visto a Miquelet tan limpio y aseado.

La gente, además, aplaudía la caridad de Felip. Qué bueno que era: cuidaba de la madre enferma, Palmira, que había quedado imposibilitada, y aún le sobraba tiempo para cuidar del pobre lisiado de Sant Pere Més Alt.

«Padre nuestro que estás en el cielo…»

Y san Benito y santa Catalina y san José Oriol. Solo me acordaba de Dios, de la Virgen María y de todos los santos cuando tenía algún problema.

Mientras yo lidiaba con mis preocupaciones, el mundo seguía inmerso en una guerra feroz.

Josep Maria se implicó de lleno e hizo todo lo que pudo para ayudar a Francia, su tierra adoptiva. España había decidido ser neutral, pero mi amigo intervino para que cooperara con los aliados. No lo hizo solo: junto con Rusiñol, Casas, Anglada Camarasa y Riquer, entre otros, organizó la Exposición de Arte Francés en Barcelona, que tuvo lugar en 1917, gracias también a la colaboración en el proyecto de sus amigos catalanofranceses, como Jules Pams, ministro del Interior, y el mariscal Josep Joffre. Con aquella manifestación artística, Josep Maria logró un acercamiento de Catalunya a la causa aliada.

También fue idea suya suministrar a Francia mantas, telas, pañería y otros artículos textiles catalanes. Su esfuerzo cultural, diplomático y económico fue recompensado por el Gobierno de la Tercera República con la Gran Cruz de la Legión de Honor.

Había guerra en el exterior, lo suficientemente importante como para que la llamaran Gran Guerra —la de las trincheras, la del gas mostaza, la de los ocho millones de muertos, la de los cuatro imperios hundidos, la de la conferencia de paz en París—, y había guerra en el interior, pues mi alma se debatía en luchas de imposible o muy difícil solución: Vicenç, que no me dejaba ni a sol ni a sombra, y Torrent, que se aprovechaba de mi pobrecito Miquelet. Como si Felip no tuviera suficiente dinero para ir con todo tipo de rameras y efebos que lo hubieran distraído y divertido. Y quizá se distraía con ellos.

¿Qué sabría Pilar de lo que pasaba? No me podía creer que permitiera que abusaran de su pobre hijo. ¿Habría abandonado su custodia? ¿Habría hecho como la madre de Tarongeta cuando la echó de palacio para que la mataran en medio del bosque? No hacía ruido, mi madrastra; de hecho, no hacía casi nada. No bordaba con la habilidad de antes. Sus manos —eso me lo había dicho Ramon— sufrían un leve temblor y la mente se le nublaba a menudo por las hierbas que se recetaba. Como Miquelet, ayudaba en pequeñas tareas que le encomendaban los vecinos. Cuando alguien tenía que ausentarse de la tienda, ella iba y se quedaba a cargo, vigilando. No sé hasta qué punto se podían fiar de ella, pero, como todavía tenía buena presencia y siempre iba limpia y aseada, colaboraba haciendo algún que otro trabajo. A mucha gente le daba pena, y por partida doble: pobre viuda, con un hijo lisiado al que le faltaba un hervor.

Ramon paraba la oreja y aguzaba la vista, pendiente de averiguar lo que fuera que los pudiera desenmascarar. Estaba convencido de que Felip la ayudaba de algún modo. Y ambos, Ramon y yo, hacíamos hipótesis, conjeturas, historias más propias de las obras de teatro que tanto disfrutábamos juntos.

El teatro.

Menos mal que en él me podía evadir de mis preocupaciones por un rato.

Con Ramon, Vicenç y Rosita íbamos al Romea, que se había convertido en una segunda residencia para nosotros. A Vicenç no es que le gustara mucho, pero era una excusa como cualquier otra para verme y observarme como un cordero a punto de ser degollado que pide clemencia.

Faltaban aún unos meses para que se acabara la guerra cuando fuimos a ver una obra de Josep Maria de Sagarra, *Rondalla d'esparvers*. El estreno coincidía con el aniversario del autor, el 5 de marzo.

Marzo es el mes en el que todo se renueva; el mes en el que nació Pere, el mes en el que nací yo.

Durante la representación, no pude evitar acordarme de Felip en la escena en la que Andreu, el protagonista, mata a su amante, Joana, al descubrir que ella lo engaña.

La mata «retorciéndole el cuello como una serpiente». Eso mismo hubiera hecho yo con Felip.

Y, mientras tanto, Palmira se murió.

Fue Ramon quien me lo comunicó. La farmacia Padrell era el centro de información más efectivo de todo el barrio de san Pere.

—Ha muerto la señora Palmira. Se ve que su hijo está desconsolado.

«Ya ves, qué pena.»

Su desconsuelo era mi alegría, aunque solo fuera por un instante. Felip, sin embargo, pronto supo convertir la tristeza en poder absoluto. Al morir su madre, él quedaba como amo y señor, heredero de riqueza y malevolencia. Tenía poder, dinero, buenos contactos, fama de fariseo y una absoluta falta de escrúpulos.

22

Hacía un año que había muerto Francesc, el hermano mayor de Josep Maria, y hacía dos que se había acabado la guerra. Los negocios de los Sert pasaron al hermano segundo, Domènec, que se encargó de la dirección.

Josep Maria me había escrito que, con el fallecimiento de Francesc, el vínculo que lo mantenía unido a la empresa de sus antepasados se había roto definitivamente.

Francesc Sert había sufrido un ataque al corazón. Por suerte, el padecimiento debía de haber durado poco. Algunas personas, no obstante, morían lentamente, como Palmira, que se había ido consumiendo en su cama de cabecera solemne y decoración recargada. Fue un final adecuado para una alcahueta.

¿Y Felip? ¿Y Pilar? ¿Cómo acabarían sus días? Tal vez moriría yo antes o, en caso contrario, me quedaría con la pesadumbre de no haber hecho justicia; de no verlos recibir el escarmiento que se merecían.

Más de una vez he pensado que había nacido en la época equivocada. Estaría bien poder utilizar el tiempo de acuerdo con las circunstancias, pues me hubiera gustado verlos pasar Bòria abajo, siguiendo la costumbre judaica.

La calle Bòria era la primera calle que se había formado al otro lado de la muralla, frente al portal que miraba a la tramontana, y la de más tránsito, ya que conducía a la ciudad a quienes venían de las Itálicas o de las Galias, y también la recorrían quienes se dirigían a ellas. Me hubiera reconfortado ver al pervertido y a mi madrastra haciendo el camino de los condenados desde la plaza del Rei, Bòria abajo: Felip, desnudo de cintura para arriba, con tan solo unas calzas que le cubrieran las partes, y, sobre la cabeza, un cucurucho cubierto de cascabeles que fueran anunciando su paso; y Pilar —vestida, ella sí—, con el pelo suelto, enmarañado, como una bruja, o, como pasaba a veces, con la cabeza y las cejas bien rapadas.

El abuelo Andreu me había contado que su padre había visto pasar Bòria abajo al último reo. Como otras historias que me contaba, me daba miedo e incluso angustia, pero lo escuchaba admirada.

—Era a principios de siglo, en el año 1816 —precisaba—. Yo aún no había nacido. Tu bisabuelo era entonces un muchachito que no tendría más de diez años y lo presenció, seguramente acompañado de un adulto. A menudo llevaban a los niños para que les sirviera de advertencia.

No hay historia más viva, más verdadera que aquella que ha sido vivida y que se transmite de generación en generación. Va cambiando, por supuesto, pero siempre mantiene el poso de la autenticidad.

«Alcahútes» y «alcahútas»: así me decía el abuelo que los llamaban antes.

¿Y Pilar? ¿Era una alcahueta?

«Alcahueta»: una palabra tan fea como «madrastra» (o más).

Me había vendido a Palmira, otra alcahueta y encubridora de su hijo. Ambas sabían en qué manos me dejaban: unas manos tan finas como lascivas, y siempre húmedas. Nunca me podré sacar de encima la repugnancia que me producía su presencia, el miedo de encontrármelo de forma inesperada, detrás de una puerta o espiándome por el ojo de la cerradura, y de que me pusiera encima sus garras asquerosas... Un recuerdo que tengo muy presente es la ocasión en la que Felip me enseñó a quitarle el polvo a un libro.

—Para hacerlo bien —me explicaba—, tienes que pasar el trapo por la parte superior, desde el lomo hacia fuera.

Entonces su mano apresaba la mía, la untaba con su baba de caracol. Nunca más he podido volver a quitarle el polvo a un libro. Nunca se me han caído los anillos por hacer el trabajo que sea, pero con este no puedo, porque aquel miedo se apodera de nuevo de mí.

Cómo me hubiera gustado que aquella disposición de desfilar Bòria abajo estuviera aún en vigor; ver a Pilar a lomos de un burro, azotada, y a Felip detrás, recibiendo también bastonazos y golpes de pala; palas de aquellas planas, de panadero.

Sin embargo, estoy convencida de que, si hubiera desfilado Bòria abajo, Pilar lo habría hecho con la cabeza bien alta, orgullosa y desafiante. Si hubiera sido Palmira, lo habría hecho sacando la lengua entre los dientes y mirando a un horizonte incierto, como si aquello que le tocaba vivir no fuera con ella, una pobre mujer que solo quería lo mejor para su hijo. Felip, para postre, habría puesto cara de buen chico, de quien no ha roto nunca un plato y sufre una pena injusta.

Aquel tiempo había pasado, no obstante. Una de las últimas convictas que pasó Bòria abajo fue la tía Caterina, una alcahueta de la calle Ramelleres que se dedicaba a pervertir a muchachitas. Yo no podía hacer nada contra mis alcahuetes, Felip y Pilar. La otra, Palmira, ya no contaba, a pesar de que siempre guardaría de ella un mal recuerdo. No, no podía hacer nada, porque no tenía suficiente dinero ni poder para hacerlo. ¿Qué haces cuando tienes la verdad en tus manos y en los labios, pero no sabes qué hacer con ella, ni hay nada que puedas hacer, porque eres consciente de que nadie te hará caso?

Como cuando eres pequeño y los mayores te ignoran. Si eres el pequeño, quizá te tengan consentido, sí, pero la atención y el crédito se los lleva el mayor. Recuerdo una fotografía que había en casa de los Sert, en la que salía Josep Maria con sus cinco hermanos. Las circunstancias, la muerte de Francesc, me remitieron a él, especialmente. Francesc era el mayor, el equilibrio, la responsabilidad: el conde, pues el rey le había otorgado este título, que pasó a las generaciones siguientes. Josep Maria se sentía amparado por él.

He aquí un sentimiento que, desde que había perdido a mis padres y al abuelo, yo siempre había anhelado: amparo, protección, resguardo. Soñaba con la idea de tener un hermano mayor, porque Miquelet no contaba, claro. De todas formas, no me podía quejar, pues, en cierta forma, Josep Maria había cuidado de mí como si lo fuera.

No habría tenido esta necesidad si Tomeu hubiera seguido con vida.

¡Cómo lo extrañaba, madre mía! Siempre había oído decir que los años, el tiempo, curaban las heridas; que te acostumbras a convivir con la ausencia de las personas queridas. A mí, aquello me parecía un cuento: no lo lograba. El hecho de que la muerte de Tomeu estuviera tan ligada a Pere no ayudaba en absoluto.

El teatro me consolaba. Con Ramon, Rosita y, de rebote, Vicenç, íbamos en cuanto teníamos ocasión, y yo me imaginaba que tenía a Tomeu al lado, sentado en una butaca invisible. Una vez, me encontré cogiendo la mano de Rosita y apretándola con fuerza, sin venir a cuento. Rosita se giró hacia mí y me miró algo extrañada, sorprendida, pero no me cabe duda de que, acto seguido, vio a Tomeu a través de mis ojos empañados de lágrimas, ya que entonces fue ella quien tomó mi mano entre las suyas.

Me hacían mucha compañía, mis amigos.

El otoño de 1923 fuimos a ver *Les veus de la terra*, también de Sagarra, quien había llenado el vacío que habían dejado Frederic Soler, Jacint Verdaguer, Àngel Guimerà… Durante los entreactos, la gente hablaba de política y yo aguzaba el oído. Todo el mundo, o prácticamente todo el mundo, hablaba de Miguel Primo de Rivera, que había dado un golpe de Estado con el consentimiento del rey, el mismo Alfonso XIII que, cuando era niño, había asistido con su madre a la Exposición de 1888.

—Primo de Rivera ha instaurado un directorio militar —dijo una voz femenina.

Me giré discretamente hacia la persona que había pronunciado aquellas palabras. Era una mujer muy bien vestida que rezumaba una elegancia natural y, sobre todo, seguridad.

—Es Isabel Llorach —me informó Ramon—, una mecenas de la cultura y muy aficionada al teatro.

—¡Bah! Una burguesa a quien le gusta llamar la atención —añadió Vicenç—; una engreída que siempre deja su Rolls-Royce en primera fila, a la vista de todo el mundo.

—¿Y tú cómo lo sabes? ¿De qué la conoces? —preguntó Rosita.

—Porque conozco a su mecánico, que vive en el barrio y compra pan en mi panadería.

—No alces tanto la voz —lo riñó Rosita, mientras Ramon se dirigía a mí:

—El hombre que está a la derecha de Isabel Llorach no te quita los ojos de encima.

Yo ya me había dado cuenta, pero fingía no verlo. No estaba para admiradores. En aquel momento, mis pensamientos estaban puestos en mi hijo. Me dolía que casi nunca nos acompañara al teatro.

—Ya sabes que no me gusta, mamá —me decía siempre.

Tampoco le gustaban mis amigos: a Rosita la encontraba vulgar; a Vicenç, un revolucionario descarado; y a

Ramon… A Ramon lo consideraba «un bocazas entrometido y un mariquita».

Mariquita.

Fue Pere quien se refirió a él así por primera vez delante de mí. Me dolía que se hubiera olvidado de su amabilidad, de cuando le regalaba azúcar candi y caramelos de menta. Si a él no le gustaba Ramon, era problema suyo; a mí tampoco me hacía gracia tener un hijo que elogiaba a Primo de Rivera: hijo de militares ilustrados y héroes de guerra, autoritario, amigo del clero y de las fuerzas conservadoras, proteccionista, liquidador de la Mancomunitat y perseguidor de anarquistas… La lista de sambenitos sería interminable.

Por suerte, Pere era buen estudiante. Después de ir a los Jesuitas, entró en la Llotja, y he de decir que tenía muy buenas manos. Había heredado la habilidad de su padre y, como Tomeu, también era guapo y bien plantado: eso no se podía negar.

Como si no estuviera ya lo suficientemente desanimada, al estrenar el nuevo año se nos murió la tía Teresina. ¡Qué pérdida tan grande!

Un mes antes, cuando ya se lo veía venir, me dijo, nerviosa:

—Regina, tenemos que arreglar los papeles…, que yo ya me voy.

—Pero ¿qué dice, tía? Si usted está bien…

Sí que lo estaba, si no tenemos en cuenta que la memoria le fallaba con frecuencia, pero la había invadido el deseo de marcharse, el cansancio de vivir.

Quiso que la casa fuera mía, pero yo pensé que sería más justo que se la dejara a Pere. Si todo hubiera ido como tenía que ir, la casa habría sido de Tomeu. Era lógico, por lo tanto, que fuera de su hijo. Como no era mayor de edad, todavía me correspondía a mí el control de la propiedad, pero sería suya.

No tendría que haberlo hecho. Lo que conseguí con aquello fue darle más ínfulas a un mocoso que, con una casa y una torrecilla, se creía un marqués.

Pere se sintió complacido de que lo quisiera convertir en heredero y, durante un tiempo, vivimos en relativa paz. Habíamos alcanzado cierta concordia y los tiempos en los que nos peleábamos cada día parecían haber quedado lejos. Aún así, de vez en cuando alguna discusión perturbaba nuestra convivencia. Mi hijo actuaba sin pensar en nadie más: me costó mucho asimilar, por ejemplo, que se deshiciera de todas las palomas que quedaban en el terrado, y huelga decir que Miquelet se llevó un buen disgusto. A Pere no le importó lo más mínimo.

—Me tendrías que haber pedido permiso —lo reñí.

—¡De ningún modo! ¿Es mi casa o no? —me respondió con insolencia.

—Sí, pero todavía no puedes disponer de ella… Conservar unas cuantas palomas era honrar la memoria de tu padre.

Pere, actitud hosca y gallito, talante egoísta y firme determinación.

23

Aquel día, el Rolls-Royce de la señora Llorach estaba aparcado frente al Teatre Goya. Ella tampoco se quería perder el estreno de la obra de G. Bernard Shaw, *Santa Juana*, que interpretaba Margarida Xirgu. Hacía tiempo que no veía a Margarida y, en cuanto supe que estaba en Barcelona, quise reencontrarme con ella.

Ramon enseguida se percató de la presencia del coche, pero ni Rosita ni yo nos habíamos fijado. Vicenç no había venido con nosotros. Iba a preguntar por el motivo mientras hacíamos cola para comprar las entradas, pero Ramon se me adelantó.

—Pues porque la obra es en castellano —respondió Rosita—. Dice que no entendería nada. ¡Figuraos!

—Mujer, sabes bien que Vicenç es un catalanista convencido… —intervine.

—¡Ja! Una excusa como cualquier otra para irse a tomar algo a Pere Brut. En fin, la verdad es que estaré más tranquila sin él: así no me tendré que preocupar de lo que pueda decir o hacer.

—Lástima —dijo Ramon, señalando el Rolls-Royce—, porque hoy hubiera tenido tema de conversación.

—¡Lo que faltaba, que se encontrara con la burguesa mayor! —exclamó Rosita—. Hubiera estado diciendo pestes de ella todo el rato.

La obra me gustaba, y me hizo gracia ver a Margarida vestida de Juana de Arco, pero estaba impaciente por que terminara: quería ir a saludar a mi antigua vecina.

La casualidad quiso que conociéramos personalmente a Isabel Llorach. De hecho, fue la propia Margarida quien nos la presentó. Coincidimos todos frente a la puerta del camerino. Margarida y yo nos abrazamos con sincero afecto. Con Rosita y Ramon no se conocían tanto y los saludos fueron más breves, pero nosotras dos nos fuimos atropellando la una a la otra con preguntas: que cómo te ha ido el viaje por América (yo); que qué hace tu hijo (ella); que si es la tercera vez que haces una gira por las Américas (yo); que cuánto lamento la muerte de tu marido (ella); que cómo has bordado el papel (yo); que para ti no pasan los años (ella)… Y así habríamos seguido toda la noche si la Llorach no nos hubiera cortado.

—Siento interrumpir…

No, no creo que lo sintiera.

—Solo te quería recordar que tienes que venir a casa, Margarida —dijo—: propón tú el día que quieras.

Parecía que ya se conocían, porque ella le respondió que sí, que ya lo tenía en cuenta y que iría a su casa antes de marcharse a Madrid.

A continuación, Isabel Llorach se dirigió a nosotros.

—Y, por favor, vosotros también estáis invitados. Seréis muy bienvenidos.

Ramon dijo que sí enseguida —estaba encantado— y Rosita y yo nos limitamos a sonreír, sin tiempo para reaccionar. Aquello era nuevo para mí: nunca un desconocido me había invitado así, sin más.

Durante los días que siguieron, con Rosita y Ramon no hablábamos de otra cosa. Primero pensamos que aquella invitación solo había sido un arrebato, pero una tarde, cuando salía de Can Vilumara, un chico vino a mi encuentro y me dio un papel doblado.

—De parte de la señora Margarida Xirgu —me dijo, y agregó que vendría a buscar la respuesta al cabo de una semana, a la misma hora.

Era una propuesta de encuentro en casa de Isabel Llorach un domingo por la tarde. Lo comuniqué a Ramon y a Rosita, pero ella se desentendió enseguida:

—Id vosotros. Yo me sentiría muy incómoda: no sabría ni qué ponerme.

A mí aquello también me preocupaba, pero no me quería perder aquella velada; sobre todo porque me encontraría con Margarida, y porque Isabel Llorach me había impresionado y tenía ganas de conocerla más de cerca. Me sabía mal que Rosita no quisiera venir y le insistí.

—No pienso ir —respondió, decidida—. Tu caso es diferente, Regina, porque conoces a la Xirgu, pero yo… Además, a Vicenç no le gustaría.

—Eso no se vale, Rosita.

—Claro que vale: es una razón más. Ya sabes cómo se pone por cualquier tontería… Quiero vivir en paz, Regina.

No lo compartía, pero desistí. Tampoco quería complicarle la vida.

Asesorada por Ramon, decidí lo que me pondría: un vestido recto, de cintura baja y borde desigual. La imagen que tenía de Isabel Llorach me servía de modelo. Compré la tela, una lana muy fina de color *beige*, y me lo fui cosiendo por las noches. Pere me miraba, intrigado, quizá porque me veía ilusionada, pero no nos dijimos nada.

Estábamos en enero. Por ser invierno, vestirse con elegancia resultaba más caro que cuando hacía buen tiempo y, además, yo no quería gastar más de la cuenta, así que me puse el abrigo negro de paño que ya tenía. No era nuevo, pero estaba en buen estado. Lustré bien los zapatos que guardaba para las ocasiones especiales, cepillé el bolso de mano de terciopelo que usaba para ir al teatro, me puse el collarcito de perlas que había heredado de la tía Teresina y completé mi indumentaria con un pañuelo de seda al cuello. Me lo habían regalado en Can Vilumara, pues, en ocasiones, si alguna pieza salía defectuosa, se la daban a las trabajadoras. La tara que tenía mi pañuelo era pequeña; yo sabía que la tenía, pero pasaba desapercibida.

Antes de ir, Ramon me contó cuatro cosas sobre la burguesa. Era hija del eminente médico Pau Llorach, que se había hecho rico gracias al descubrimiento de una mina de aguas medicinales. En su casa, una torre modernista de la calle Muntaner, tenía un pequeño teatro donde organizaba actos culturales y al que invitaba a todo tipo de personalidades, especialmente las vinculadas a la cultura.

Y yo, ¿qué pintaría allí?

Lo ignoraba, pero tenía mucha curiosidad.

A Ramon, pobrecito, a quien tanta ilusión le hacía ir, le dio un acceso de fiebre justo el día anterior que lo dejó sin poder salir de casa. En la farmacia Padrell no había suficientes medicinas para hacerle aguantar una tarde.

Fuimos Margarida y yo. Menos mal que ella no se desdijo.

Además de nosotras, Isabel Llorach había invitado a unos cuantos amigos. Éramos media docena y entre los presentes se encontraba aquel señor que me había estado observando con interés en el Romea.

Eduard Molins, se llamaba.

Era discreto, pero noté que no me quitaba el ojo de encima. Yo tampoco podía evitar entrecruzar miradas con él. No sé si fue porque, cuando te sientes observado, miras también, ni que sea de reojo, o porque me sentí atraída por él en uno de aquellos vistazos fugaces. Eduard caló hondo en mí. Quizá fuera su sonrisa serena, la mirada amable de la que hacía gala y su elegancia culta.

Hablé poco. Me parecía una actitud prudente y, cuando intervine, lo hice de manera acertada. Entendía de teatro. Había ido lo suficiente para poder opinar. Aquella circunstancia me acercó a Isabel Llorach, con quien enseguida congeniamos, y durante un rato escalé unos cuantos peldaños sociales, como cuando iba de la calle Sant Pere Més Alt a la calle Trafalgar y saltaba de una ciudad a otra; de la ciudad vieja a la ciudad nueva.

Isabel Llorach, sonrisa seductora, naturaleza independiente, generosidad.

Josep Maria también conocía a Isabel, obviamente. Hablamos de ella en una de sus estancias en Barcelona.

—Tenemos la misma edad, Isabel y yo —me dijo—, y bastantes amigos en común. Me alegro de que os hayáis conocido. ¿Sabes qué? Ramon Casas la pintó, ya hace años.

Estábamos en casa de la tía Teresina. Aunque hubiera muerto, siempre sería su casa. Josep Maria nos había venido a ver a Pere y a mí. Me alegré de que mi hijo se mostrara amable con su padrino, pero se quedó poco rato. Había quedado con unos amigos, nos dijo. Me sentí aliviada, pues hasta ese momento el encuentro había ido como la seda y el mal carácter de Pere no había aflorado. Lo que me sorprendió fue que Josep Maria también pareció quedarse más tranquilo cuando Pere se marchó.

—Quería hablar contigo a solas, Regina —dijo, como si me hubiera leído la mente.

Me inquieté. La sonrisa que había lucido mientras Pere había estado con nosotros desapareció de golpe y dio paso a la melancolía.

—Te veo triste, amigo mío. ¿Qué te pasa? —le pregunté, invitándolo a que me hiciera confidencias.

—Misia y yo…

Lo llevaba escrito en el rostro.

—Te has enamorado de otra mujer…

Asintió con la cabeza gacha y entrelazó los dedos sobre las rodillas.

—Josep Maria…

—No me riñas, por favor. De hecho, yo querría vivir con las dos… No, no me digas nada —agregó enseguida—, que ya lo sé, que no es posible. No quiero sermones, Regina, solo quería que lo supieras por mí.

Me tragué las palabras. No era hora de reproches y lo dejé hablar.

—Es complicado, esto del amor… Isabel también estuvo muy enamorada… —dijo cambiando de tema—: del hijo del famoso farmacéutico, el de las pastillitas para la tos, pero no funcionó…

—Está soltera, ¿verdad? —pregunté.

—Sí, no se quiso casar con ningún otro… Un hecho insólito para una heredera como ella.

—La admiro —afirmé—, me gusta ese espíritu independiente que tiene. Claro que ella se lo puede permitir…

No sabía si preguntárselo, pero decidí hacerlo, sin pensármelo demasiado:

—¿Conoces a Eduard Molins? Es muy amigo de Isabel.

Josep Maria me miró con ojos pícaros.

—Tus ojos me dicen que tú también te has hecho amiga de él.

No pude evitar enrojecer un poco.

—Eduard es todo un caballero —añadió—; puedes confiar en él.

Le agradecí sus palabras. Necesitaba su aprobación.

Fui sabiendo más acerca de él. Eduard Molins era un hombre viudo que vivía de rentas, un indiano que había hecho fortuna en las Américas, un accionista del mundo empresarial textil, un mecenas amante de las artes y, sobre todo, un hombre culto y educado, que había sido maestro velero y amaba la seda tanto como yo o más.

Nos fuimos viendo.

Sin embargo, ¿qué pensaría mi hijo de aquella relación?

No debería haberme importado su opinión, pues él bien que iba a lo suyo, pero me importaba. Era mi hijo, el único que tenía.

Tuve suerte, porque mi pretendiente le pareció bien. Que fuera rico, elegante e influyente contribuyó a que se pusiera de su parte. En mi caso, pesó más el hecho de que Eduard fuera una persona sensata y culta, mira por dónde.

Y a él, ¿qué le gustó de mí?

Yo tenía cuarenta años largos: ya estaba lejos de ser una muchacha, si bien podía pasar por más joven. Llúcia, la curandera, decía que las personas buenas se ven jóvenes durante más tiempo, que no les desaparecen nunca del todo los rasgos de niño, porque conservan la inocencia. Con el tiempo, también desarrollé una gran capacidad para adaptarme a cualquier ambiente: podía ir vestida tanto con harapos como con un vestido de muselina bordada. Y en cuanto al carácter… Seguro que había heredado algo del carácter de la monja Genoveva.

Rosita me animó.

—No lo dudes para nada, Regina. Es un buen partido y le gustas… ¿No ves cómo te mira?

Era verdad, y tenía fama de persona honesta, lo cual para mí era importante. Rondaba los sesenta años, una diferencia de edad que encajaba en aquel momento de nuestras vidas. Hacía muchos años que Eduard había enviudado, no tenía hijos y nunca se había planteado volver a casarse.

—Hasta que te conocí, Regina.

Si algo me frenaba a la hora de decirle que sí, era Pere. Era demasiado joven para que me fuera de casa, pero Eduard me facilitó la solución que yo deseaba.

—Que venga a casa, Regina.

Sorprendentemente, Pere accedió a venir a vivir con nosotros —al menos por el momento— en la residencia de Eduard, en la Via Laietana, muy cerca de la calle Sant Pere Més Alt. Seguía estando cerca de mi pasaje.

Nos casamos en la primavera de 1927, en la iglesia de Sant Pere.

Por deseo de ambos, fue una boda discreta, íntima. Mi hijo, Ramon, mi querida Rosita, Margarida, Isabel Llorach y un buen amigo de Eduard: el único que le quedaba, pues los demás habían muerto. Lo mismo pasaba con su familia. Hubo dos ausencias importantes: Vicenç, que, casualmente, se puso enfermo, y Josep Maria, que, desbordado por el trabajo y los excesos personales, no nos pudo acompañar. De hecho, al cabo de unos meses, en diciembre de ese mismo año, se divorció de Misia.

Y no, no fui vestida de novia, sino de señora elegante, con un vestido de tafetán de seda de color gris perla. Encima llevaba un abrigo ligero que hacía conjunto y era del mismo largo, hasta media pierna. Para que el abrigo tuviera más cuerpo, llevaba una entretela y estaba forrado de raso, igual que el vestido. Me cubrí con un sombrero *cloché*, por debajo del cual me asomaba parte del pelo, cortado *à la garçon*. Quise seguir la moda, pero no podía evitar sentir un escalofrío cada vez que mi nuca notaba el ajetreo de unas tijeras, un recuerdo humillante de cuando Pilar me cortó el pelo para venderlo.

24

Eduard hacía que mi vida fuera placentera. Me sabía mal, incluso, expresar cualquier deseo, porque todo lo que pedía lo ponía a mi alcance.

Qué fácil es adaptarse a lo bueno.

Yo sabía cuál era mi origen. No era una nueva rica; sabía estar en mi sitio. Envejecía bien, todo hay que decirlo. El espejo de la madre de Tarongeta me hubiera dado el beneplácito. Además, me habían inculcado buenos modales. La educación que había recibido en casa cuando mis padres y el abuelo aún vivían, lo que aprendí de las monjas de la Enseñanza y lo que iba aprendiendo de leer y del teatro me convirtieron en una persona presentable ante la burguesía.

No fue nada fácil que el círculo de amistades de Eduard me aceptara. Me lo tuve que ganar. No bastaba con vestir bien; había que saber hacerlo para la ocasión adecuada y gestionar con sabiduría los gestos y las miradas. La discreción y la prudencia fueron mis grandes aliadas, junto con mi capacidad para observarlo todo como si fuera un espectáculo, pues todavía me lo miraba desde fuera, con las gafas de la niña de Sant Pere.

Frecuentar el Gran Teatre del Liceu, el Palau de la Música...

El Palau...

Tan cerca que lo tenía y tan lejos que me había quedado, hasta entonces.

Si hay un buen momento para visitarlo, es por la mañana, cuando la luz multicolor que entra por los vitrales que envuelven la sala baña el escenario y el espacio reservado al público. Lluís Domènech i Montaner sabía lo que hacía cuando construyó aquel techo que rompió tantos moldes. Una claraboya que baja como una gota descomunal hacia la platea advierte a los asistentes de que se encuentran en un lugar singular.

Era la principal sala de conciertos de Catalunya. Lluís Millet y Amadeu Vives fueron fundamentales para su promoción —yo debía de tener unos trece años, justo cuando Pilar me vendió a Palmira— y pocos años más tarde se aprobó el presupuesto. El Palau las pasó moradas. Primo de Rivera, que tan poco quería a Catalunya, lo clausuró durante cuatro meses.

Desde que me había casado con Eduard, me obligaba a mí misma, más que nunca, a cultivarme, a aprender. Escuchaba, escuchaba mucho, aprendía y leía la prensa que cada mañana nos traía la criada durante el desayuno.

Ahora yo tenía criada, madre mía. A menudo me tenía que controlar para no levantarme y recoger la mesa, como tenía por costumbre; me sabía mal cuando veía al servicio trajinar. En las conversaciones apenas intervenía y lo hacía solo si podía aportar algo interesante. Poco a poco, se fueron dando cuenta de que aquella mujer que había sido sirvienta y menestrala de los Vilumara no solo era una persona presentable. Yo había dejado de trabajar, no sin pesar, pues me gustaba hacer los patrones para las piezas de seda, pero me tocaba interpretar otro papel, vivir otra etapa.

A pesar de que había quien me hacía el vacío, fui haciendo amigas.

—No les hagas caso, son unas estiradas —me aseguraba Isabel Llorach cuando alguien me menospreciaba de manera más o menos sutil.

Ella se convirtió en mi protectora y a menudo me aconsejaba sobre la mejor manera de actuar. No era fácil ser distinguido, «tener clase». Me costó aprender a comer poco —atiborrarse no era de señoras—, porque yo tenía apetito, era de buen comer. Beber estaba aún peor visto, pero eso no me suponía ninguna dificultad, pues tampoco me gustaba demasiado.

Eduard también me ayudaba; me indicaba pautas de comportamiento que nunca se me hubieran pasado por la cabeza.

—Siempre que veas queso, haz como si no estuviera.

¡Qué pena, con lo que me gustaba!

Entre comer poco, la ceremonia del servicio y lo presuntuoso de la cocina, las cenas formales a las que asistía —y las que organizábamos en casa— se me hacían largas y pesadas. Hasta aquel momento, mis comidas habían sido muy sencillas: verdura hervida, alubias con tocino, huevos fritos con patatas…, y para mí era una fiesta cuando comía pollo asado o los fideos a la cazuela de la madre de Rosita.

Era una situación curiosa. De pequeña, con frecuencia me veía privada de lo que me hubiera apetecido comer y, después, desde que me había casado con Eduard, no siempre podía escoger lo que quería. Fui consciente de que, ya fuera por una causa o por otra, siempre es difícil hacer exactamente lo que una quiere.

Mi nueva posición social implicaba cambios y servidumbres, pero en un aspecto no quise transigir: no olvidé a mis amigos de toda la vida. Pere me lo reprochaba —él siempre tan estirado—, pero Eduard me animaba a que no lo hiciera.

—No podemos perder nunca nuestras raíces, Regina.

Eduard, apoyo constante, educación, elegancia.

Podía invitar a mis amigos a casa, pero ellos preferían que nos viéramos en otro sitio. Con Rosita nos encontrábamos en el pasaje; siempre había alguna excusa: que si arreglar un reloj en lo del relojero, que si hacer unas tarjetitas en la imprenta… Los hijos de Rosita y Vicenç habían crecido y eran buenos chicos. La hija ya se había casado y el hijo tenía novia y se ganaba la vida. Mi amiga, pues, tenía más libertad.

Allí, en el pasaje, yo era la Regina de toda la vida y podía reírme a carcajadas, cosa que tampoco era apropiado hacer entre los señores.

—¿Sabes qué? —me contó Rosita—. Pilar va hablando de ti toda orgullosa, contando que la hija de su marido se ha casado con «un hombre ilustre». Y habla maravillas de ti.

«Qué mal bicho. ¿Qué querrá?»

¿Y Miquelet? En aquel tiempo estaba muy triste, porque Felip, al parecer, se había alejado de él completamente. Torrent se había cansado de su juguete roto. Lo supe por Ramon, que nos iba informando sobre lo que hacía Felip. Lo seguía, incluso, como un detective.

—Ay, Ramon, que te complicarás la vida…

—Es un juego, un pasatiempo.

Que podía ser muy peligroso.

—Hasta ahora no hemos podido hacer nada —aseguró Ramon—, pero tu situación ha cambiado, Regina. Puedes mover hilos.

No lo veía claro, lo de meterme en medio, pero tampoco supe decirle que no.

Un día que me lo encontré por la calle, Felip me saludó educadamente, levantando el sombrero. Claro, yo ahora era una señora importante, a sus ojos. ¡Qué asco!, pues me vinieron a la mente sus manos sudadas, empapadas de su esencia corrupta, que no tenía más remedio que ir secándose con un pañuelo. Aquello me hizo pensar en que quizá sí que me tocaba hacer algo para que pagara por sus vilezas.

A raíz de mi matrimonio con Eduard, nos veíamos mucho con Dolors y Carme, las hermanas de Josep Maria. A través de ellas supe que, con motivo de la Exposición de 1929, los Sert habían recibido el encargo de hacer una gran alfombra para el salón del trono del nuevo Palau Reial de Pedralbes. Era una alfombra que cubría totalmente el salón del trono, un regalo para el rey Alfonso XIII.

—Es tan grande que la han fabricado con la técnica de nudos en telares especiales —me contó Dolors.

—El dibujo lo han hecho expresamente para la ocasión —agregó Carme, satisfecha—: un escudo central ovalado de color amarillo con un fondo azul, tres flores de lis y una corona, rodeado de hojas de acanto verdes, lilas y azules sobre un fondo *beige*. Es espléndida.

También con Josep Maria hablamos de aquella alfombra, un día que nos hizo una visita a Eduard y a mí.

—Sí, desde mediados del siglo pasado, los Sert tenemos una patente inglesa para la fabricación de alfombras también con telares ingleses.

—Esta nueva rama de la industria —intervino Eduard— os dará grandes beneficios y prestigio.

«Sí, Eduard, pero todo eso de los telares hace tiempo que no tiene nada que ver con él.»

Josep Maria se limitó a asentir. Se lo veía contento, por otra parte; contento por mí, por el hecho de que me hubiera casado con Eduard. Aprovechó un momento en el que mi marido se retiró para lanzarme un piropo.

—Siempre has sido toda una señora, Regina. Todavía me acuerdo de que, limpiando la plata, en vez de una taza, parecía que limpiaras un cáliz sagrado, como una sacerdotisa.

Me hacía mayor, pero aun así me sonrojé.

Una señora… Sí, algo había heredado de la monja Genoveva.

—¿Y Pere? —preguntó con interés.

—Es muy estudioso y tiene muy buena mano para el diseño, como Tomeu.

—Y porque todos los ahijados se parecen a sus padrinos.

Josep Maria y sus salidas. Siempre conseguía hacerme reír. Ya me hubiera gustado, ya, que se le pareciera. Solo le conté la parte buena, por supuesto, y le volví a agradecer que, durante aquellos primeros tiempos de mi viudedad, me hubiera ayudado y hubiera pagado los estudios del chico.

Un pensamiento fugaz me pasó por la cabeza. Pere había estudiado en los Jesuitas y, en su caso, quizá no había sido lo más adecuado. Un entorno más austero, como el de los Hermanos, le hubiera ido mejor para temperar su ambición desmedida. Josep Maria también era ambicioso y había quien lo consideraba un auténtico prepotente, pero yo lo veía distinto: quizá es que siempre nos perdonamos las flaquezas, nosotros dos. Como su reputación crecía con cada obra que realizaba, se podía permitir lo que el abuelo Andreu hubiera tachado de mala educación. Recuerdo una anécdota sonada que me contó una vez, con una sonrisa pícara. Josep Maria estaba en el Hotel Ritz de Barcelona, cenando con unos clientes, cuando un camarero lo avisó de que tenía una llamada, una conferencia desde Estados Unidos. Sin inmutarse, él siguió tomando su café y hasta pidió otro, con total parsimonia.

—Lo primero eran mis amigos, Regina —me comentó con toda naturalidad.

Como el camarero insistía —pobre hombre, no quiero ni pensar los nervios que debió de pasar—, finalmente atendió la llamada. Coincidía con un momento de negociación con los propietarios del Waldorf Astoria, que querían que Josep Maria pintara el comedor de gala del lujoso hotel neoyorquino. Tras acordar una suma astronómica por el trabajo, volvió al comedor para continuar la velada con sus invitados.

Aquella sala, decorada con quince paneles con motivos alegóricos españoles, recibiría el nombre de Sert.

—No todo el mundo tiene una sala a la que le han puesto su nombre en vida —afirmó, orgulloso.

«Ay, amigo mío, que se te han subido los humos a la cabeza», pensé para mis adentros.

De vez en cuando, la vida me golpeaba. No podía sacarme de la cabeza lo que Ramon me había dicho, apesadumbrado y de forma muy confidencial: que Miquelet bebía; que un día se lo encontró tambaleándose por la calle.

—Lo llevé a la farmacia —me dijo— y le tomé la presión. La tenía muy alta.

—¿Y Pilar? —pregunté.

—A menudo no está… A veces se marcha con las *trementinaires*.

Estaba solo; nadie se ocupaba de él, y yo tampoco. Me sentí culpable.

«Gracias, amigo mío, gracias por estar ahí.»

—Se acostumbró a que Torrent cuidara de él —afirmó Ramon.

Hablé con Eduard y le pusimos remedio. Gracias a Enriqueta, la de la mercería del pasaje, encontramos a una mujer que iba a ayudarlo, limpiaba, compraba y le hacía la comida. Lo más indispensable. Y yo iba a menudo para supervisar y para hacerle compañía, por supuesto.

—No bebas, Miquelet, que te hará daño.

Me decía que no, que no bebería, pero no creo que me hiciera ningún caso. Era un hombre abatido.

Ramon me informó de que un día, al atravesar el pasaje Cirici, había visto a Torrent hablando con un chico. Como estaba de espaldas, no lo vio, pero, cuando el chico se giró, pudo reconocer a mi Pere. Y aquello me abatió a mí.

Pere hablando con Torrent.

—¡No es posible, Ramon, no es posible!

—No es lo que te imaginas, Regina. Es una cuestión política. Buscan adeptos.

—¿Adeptos a qué? ¿A quién?

—A Primo de Rivera, porque está perdiendo apoyo. Ya lo sabes, aquí en la farmacia la gente habla. Yo oigo de todo y sabes también que abro bien los oídos. Pere está del lado de la dictadura.

Mi hijo confabulando a favor del dictador y haciendo tratos con un pervertido. Lo que me faltaba.

25

Miquel Àngel Sabater, Miquelet, mi hermanastro, murió a causa de un ataque de apoplejía del que no pudo recuperarse. Tenía cincuenta y seis años. Un par de días antes, Pilar vino a casa a decirme que estaba muy raro, que había perdido movilidad y tenía muchos espasmos, un temblor incontrolable, y que quería hablar, pero que no le salían las palabras.

—Seguro que te quiere ver, Regina.

Fui de inmediato; solo me puse encima una chaqueta y me calcé (en casa me gustaba ir descalza). Mientras tanto, Eduard mandó llamar a nuestro médico de cabecera para que fuera lo antes posible.

No hubo nada que hacer. Lo pude acompañar hasta el último momento, abrazada a él y diciéndole que lo quería, que lo quería mucho. No sé si me pudo entender, pues parecía estar ya más en el otro mundo que en este, pero dicen que el oído es el último sentido que se pierde, y yo estaba allí para ayudarlo en aquel tránsito.

Pilar lloraba. Por un momento sentí el impulso de abrazarla, pero me contuve y simplemente la escuché.

Que su primer marido la dejó poco después de que naciera el niño; que era viuda, sí, pero que, en honor a la verdad, enviudó años después de que su esposo huyera; que supo de la muerte del padre de Miquelet por casualidad; que se ve que se cayó de un andamio y sufrió un golpe mortal.

Como mi Tomeu.

Lloraba, mi madrastra lloraba mucho, desconsolada, como nunca la había visto, y se puso a gemir como una bestia herida, lamentando lo desdichada que había sido su vida.

—No se hace, eso de dejar sola a una mujer con un niño pequeño —iba repitiendo.

Tenía razón, no se hace.

Sin embargo, ¿me podía fiar de su actitud?

¿Cuánto le duraría aquella suerte de arrepentimiento?

Recurrí a la templanza, a la serenidad que Eduard siempre me aconsejaba que tuviera. El tiempo, tarde o temprano, pone las cosas y a todo el mundo en su lugar. Cuando me decía todo aquello, no quería contradecirlo; pero no, Eduard: lamentablemente, el tiempo no es siempre un árbitro justo.

Lo enterramos en el cementerio de Montjuïc. Con Eduard encargamos una lápida con un conjunto escultórico muy bonito, que a él le hubiera gustado: con angelitos, como los que salían en las estampitas que le compraba en la imprenta del pasaje Cirici o en la que había en la plaza Santa Caterina.

Miquel Àngel, un nombre de altos vuelos para un alma tan sencilla como inmensa. Malograda.

Me sentía mal: no había estado pendiente de Miquelet lo suficiente. Las nuevas obligaciones sociales me quitaban un tiempo que le hubiera podido dedicar a él. No puse suficiente interés; bastante trabajo tenía con Pere, que me hacía sufrir de mala manera. No entendía el carácter déspota y distante de mi hijo.

Prosperaba, eso sí.

Se había convertido en uno de los diseñadores de interiores más solicitados. Las empresas crecían, se transformaban. Muchas de las que había en el Quarter de Sant Pere se iban expandiendo y se instalaban en otras partes de la ciudad, pero, al mismo tiempo, conservaban el núcleo central en el barrio que las había visto crecer.

Como yo había trabajado para ellos, me gustó saber que Pere había diseñado y decorado el nuevo despacho de los Vilumara en la calle Casp, esquina con Bailèn. Un trabajo que hizo con Alexandre Soler.

El Eixample, la ciudad nueva a la que los de Sant Pere podíamos acceder en un dos por tres a través de los pasajes.

Quizá era solo una impresión mía, pero todo cambiaba muy deprisa y, por una vez, puedo decir que para mejor. Para las mujeres, la Segunda República fue un avance. Más que por mí, yo estaba contenta por Rosita, que ya hacía un par de años que se había apuntado al Club Femení i d'Esports y al Ateneu. Que los hijos ya fueran mayores y Vicenç no estuviera pendiente de ella le permitió adquirir cultura, hacer nuevas amistades, crecer como persona y ganar una autoestima que, hasta ese momento, no había tenido.

Eduard también estaba contento con el gobierno de la República.

—Hemos recuperado las instituciones que nos son propias, Regina —me comentaba, satisfecho.

Pere, en cambio, refunfuñaba. Se quejaba de aquel gobierno que, desde su punto de vista, era un desbarajuste. Afirmaba que las izquierdas no sabían gobernar, y no puedo decir que no tuviera una pizca de razón.

Cuando surgían estas conversaciones en la sobremesa, Eduard se mostraba contrariado, algo poco habitual en él, y le preguntaba a Pere si le había parecido mejor el Bienio Negro, con aquellos graves enfrentamientos entre Gobiernos y la supresión del Estatut y del Gobierno autonómico cuando las derechas ganaron frente a una izquierda dividida. Eso fue en 1933, el año en el que la familia Sert dejó de vivir en su pasaje.

Dejando aparte la política, a mí me preocupaba que, con veinticinco años, Pere aún no tuviera prometida ni indicios de tenerla.

¿A quién le encomendaría el broche de Genoveva?

Tenía la ilusión de que Pere se enamorara de una buena chica, pero parecía que solo se quería a sí mismo. No estábamos en camino de tener una heredera —porque tenía que ser una chica— para la joya de la familia. Ya veía que el linaje terminaría en mí.

Hablamos de mi antepasada un día que mosén Sebastià vino a comer a casa. Ahora vivía en el Empordà, pero cuando era jovencito había vivido en nuestro barrio y había conocido al abuelo Andreu. El mosén tenía buen apetito; le gustó la escudella con albóndigas y aún más la ternera asada. Pere también estaba. Que Genoveva hubiera llegado a ser una priora hacía que la antepasada mereciera su reconocimiento y su respeto.

—Llevaban la batuta, las monjas de Jonqueres —decía mosén Sebastià—. Dependían directamente de la Santa Sede y eso les otorgaba poder e independencia.

—A mí siempre me ha llamado la atención —intervino Eduard— que tuvieran tanta libertad, que dispusieran de casa propia y se pudieran casar.

Mosén Sebastià, que ya era muy mayor, se recreó relatando la historia de la priora Genoveva, como si no la supiéramos. Lo típico que hacen algunas personas, sobre todo cuando son mayores, que van a lo suyo y lo que les gusta es oír su propia voz. Tuvimos que escuchar que Genoveva había plantado la palmera en el convento y las actividades que hacían cada día; que primero había que ir a saludar a la priora; que después cada una se retiraba a su casa y se dedicaba a sus ocupaciones: hilar, hacer confites, turrones u otros dulces; que eran muy hábiles haciendo agua de rosas, un agua aromática destilada a partir de rosas frescas y agua de azahar, agua de flores de naranjo…

Naranjo, *taronger*, Tarongeta, Tarongineta.

De noche con el marido y, durante el día, en su casa o en el convento, trabajando o rezando a Dios. Quizá era una de aquellas invenciones que, a fuerza de irse repitiendo, toman cuerpo de verdad, pero me gustaba pensar que, después de un tiempo yéndole detrás, un caballero pidió la mano de Genoveva. Como ella no tenía padres, fue la priora del convento quien dio su aprobación. Mamá me decía que Genoveva y su caballero tuvieron una hija y que esta tuvo otra, que fue mi abuela, y después vino ella.

—Menos mal —continuó mosén Sebastià— que se recuperó la iglesia, con su reconstrucción en la calle Aragó.

Donde años después se celebraría la ceremonia fúnebre de Josep Maria.

—Sí —seguí yo—, porque el convento no tuvo mucha suerte. Cuando las tropas napoleónicas echaron a las monjas se convirtió en un hospital militar, después en un correccional y, finalmente, en un cuartel.

Los militares.

La Junta Provisional Revolucionaria de Barcelona dijo que el monasterio debía ser demolido. «La Gloriosa», llamaron a aquella revolución.

Tonterías, porque ninguna revolución es gloriosa. Siempre hay alguien que sale damnificado. Otra cosa es que sea necesaria.

La nueva iglesia con los restos del antiguo convento de Jonqueres —así me lo había contado mamá— se construyó pocos años antes de que yo naciera. Era posible que mosén Sebastià no supiera eso, y no lo dije para no alargar la conversación.

En aquel entonces, en la plaza Jonqueres, donde había jugado con Vicenç y Rosita cuando éramos pequeños, todavía estaba la palmera, la que había plantado la monja Genoveva. La pobre datilera, sin embargo, solo duró un año, porque la quisieron trasplantar y no soportó que la arrancaran del lugar donde había arraigado.

De la placita de Jonqueres guardo una foto. Yo salgo de muy pequeña; mamá me tiene en brazos. La palmera asoma la cabeza detrás de nosotras, como un ángel custodio. Pero la palmera ya no estaba y mi madre tampoco.

26

En 1935 conocí a Misia personalmente. Después de tantos años oyendo hablar de ella e imaginándomela, pude contrastar la mujer real con aquella a la que tanto había idealizado. La realidad superó cualquier expectativa. Aunque ya tenía sesenta y tres años y no pasaba por el mejor momento de su vida, desprendía un aura cautivadora.

Nos conocimos en París, la ciudad que había anhelado visitar desde que era jovencita, la ciudad que, tantos años atrás, me quitó a Josep Maria. A Eduard y a mí nos invitaron a un concierto benéfico que se celebró en la gran sala de fiestas del Hôtel Continental. Misia era una gran pianista y, por lo que oí, siempre era ovacionada con grandes aplausos. Hacía más de un año que había celebrado otro de estos conciertos en honor a Marcelle Meyer, una pianista excelente que atravesaba una grave situación económica. Misia se ocupó de organizarlo: encargó una cena exquisita y puso a la venta las localidades a un precio exagerado. Consiguió una magnífica recaudación.

—Marcelle brilló —recordaba Eduard—, pero Misia todavía más. Es única.

Lo dijo con una admiración que me provocó unos celos inesperados.

—Ahora que la he conocido personalmente —le rebatí—, no lo sé…, creo que no hay para tanto, que no es tan irresistible y… que ya tiene una edad.

Eduard me miró con condescendencia, como un adulto que disculpa la rabieta de una niña pequeña. Mis palabras acababan de contradecir la opinión que me había formado nada más verla. La envidia me había secuestrado por unos instantes, había provocado en mí un sentimiento de inferioridad, la convicción de que yo no había gozado ni gozaría nunca de aquella excelencia natural, casi salvaje, que la hacía tan especial. Como había dicho Eduard, era única.

Misia, seducción y magnetismo en estado puro.

Durante un tiempo, viajé como nunca lo había hecho; yo, que solo había visto el mundo por un agujero. Londres, Roma, París… Y no solo grandes ciudades europeas, sino lugares cercanos que conocía solo por lo que explicaba sobre ellos la gente, por lo que escuchaba en la radio o leía en la prensa.

De París, aparte de Misia, me impresionaron aquellos pasajes de los que había oído hablar: construcciones verticales y casi transparentes en las que se alojaban galerías y centros comerciales de esos que habían hecho brillar a la ciudad durante el siglo xix.

Eduard estaba contento de mostrarme el mundo y a mí me sirvió para salir del cascarón del Quarter y para alejarme de un hijo con quien no me entendía en absoluto.

Entonces ya nadie me hacía el vacío: formaba parte de aquella sociedad acomodada como si hubiera pertenecido a ella desde la cuna. La amistad cómplice con Isabel Llorach me hizo crecer y, sobre todo, me ayudó a tener confianza en mí misma.

En medio de aquella etapa viajera, hicimos una parada en Barcelona —no sabíamos estar mucho tiempo alejados de la ciudad— y, como era de esperar, en el Quarter de Sant Pere seguían pasando cosas. Enriqueta, la del quiosquito de mercería del pasaje Cirici, me contó un incidente.

—¡Qué miedo que pasé! —dijo, nerviosa y muy angustiada—. Tres matones acorralaron a la policía, ¡aquí mismo, delante de mí!

—No te hicieron daño, ¿no? —pregunté, preocupada.

—No, menos mal que nadie sufrió ningún daño.

Unos cuantos vecinos se sumaron a la conversación y metieron cuchara: ¿cómo era posible que la policía no supiera defenderse? Delincuentes de primera, eso es. Y se ve que huyeron; que no siempre se salen con la suya, los buenos.

Aquello sucedió en marzo; concretamente, el día 9. La ciudad era un volcán a punto de entrar en erupción.

Me hizo ilusión que Josep Maria nos invitara al célebre Mas Juny, en la playa de El Castell. A Eduard siempre le gustaba ir al Empordà, entre otras cosas porque allí tenía tierras y familia y porque la consideraba una tierra elegida por los dioses.

Aquella masía era el regalo de bodas que Josep Maria había hecho a su segunda esposa, Roussy Mdivani. Roussy era una princesa de verdad, una Tarongeta alta, rubia y con un estilo impresionante; y una artista, también: era escultora.

Los Mdivani eran una familia peculiar. Roussy, nacida Isabelle Roussadana, era hija del general Zakhari Mdivani, quien sirvió durante el mandato del zar Nicolás II. Se instalaron en París después de la revolución bolchevique, haciéndose pasar por príncipes georgianos. Roussy tenía cuatro hermanos: una chica y tres chicos. No hubiera sabido decir cuál de todos era más singular y bello. Supieron gestionar el futuro, casándose con personas adineradas de Europa o América.

Josep Maria era treinta y dos años mayor que su nueva esposa.

«Aquí ya te has cubierto de gloria, querido.»

El triángulo amoroso que había formado con Misia y Roussy en el estudio de Montmartre acabó decantándose por la princesa rusa, aunque Misia, a la distancia, seguía presente en su vida.

Aquel regalo de bodas a su joven esposa era una extravagancia más de Sert. La rusticidad del entorno era de una belleza incomparable, pero saltaba a la vista que, como debieron de decir algunos potentados, tenía muy poco glamur. La princesa Mdivani ya aportaba suficiente elegancia, podría responder otro. Josep Maria remodeló la casa de arriba abajo y la convirtió en un punto de encuentro de la alta sociedad.

—Queridos amigos, me hacéis feliz con vuestra presencia —nos dijo con infinita amabilidad, y enseguida nos presentó a los demás invitados, haciendo todo lo posible para que, sobre todo yo, me sintiera cómoda.

Yo me sabía mover en aquel ambiente, pero también me sentía como un pez fuera del agua, ya que todos eran amigos, incluido Eduard. Una novedad, sin embargo, a menudo es bien recibida.

Por Mas Juny pasaba todo el mundo que era «importante», de forma merecida o por sus excentricidades (o por ambas cosas): Coco Chanel, Paul Morand, Marlene Dietrich, Luchino Visconti, la baronesa Thyssen, Salvador Dalí y su esposa rusa, Gala, entre otros.

Me gustó ir allí, fue una experiencia muy interesante, pero, por mucho que Josep Maria se esforzara, no me acababa de sentir cómoda. Me sentía observada. Quién sabe si se esperaba de mí alguna vulgaridad, un gesto que evidenciara mis orígenes.

No obstante, yo siempre tenía un as en la manga: mi Genoveva.

—¿Monjas que se casaban? —preguntó la princesa con gran curiosidad.

Y les conté la historia de la monja casadera mientras les mostraba el broche, una noche de aquellas largas, intensas y alocadas, como todas, en las cuales tenías que interpretar el papel asignado.

Eduard me contemplaba, satisfecho. Había superado la prueba de la frivolidad exquisita.

Me marché impregnada de aquel azul en el que pasaba las horas la princesa Roussy. Josep Maria no pescaba ni se bañaba —ella sí—, lo cual evidenciaba aún más que aquella masía la había comprado para hacer feliz a su mujer, de quien estaba profundamente enamorado.

Ya estábamos en casa, en nuestro Quarter, cuando nos llegó una noticia inesperada.

En julio, Alexis Mdivani, uno de los hermanos de Roussy, llegó a Mas Juny, acompañado de su amante, Maud von Thyssen. Ambos disfrutaban de aquellos días con intensidad, pero una llamada lo trastocó todo. El marido de Maud, el barón Thyssen, la obligaba a volver con urgencia a París. Maud tenía que coger el tren en Portbou y Alexis la llevó en su Rolls. El exceso de velocidad y el mal estado del terreno hicieron que el coche se saliera de la carretera y diera unas cuantas vueltas de campana. Él murió en el acto y ella quedó gravemente herida y con la cara desfigurada. El hecho de que desaparecieran las joyas que la baronesa llevaba con ella contribuyó a crear una especie de leyenda. No había arreglo posible y el escándalo desembocó en el divorcio de los barones.

Para acabar de rematar aquel drama, los habitantes del pueblo decían que iba sin bragas. «La baronesa sin bragas», así la bautizaron los ampurdaneses.

Y me acordé de mis bragas: aquellas meadas que había tirado a la alcantarilla tras huir de Felip.

Josep Maria sufrió las consecuencias de aquel terrible accidente de coche. «Mi esposa no lo logra superar —me dijo por carta—: no soporta la muerte de su hermano. Roussy ha entrado en una espiral de autodestrucción.»

Se había vuelto adicta a la morfina.

Como mi madrastra, que también dependía de las «hierbas». Debía de tener una constitución muy fuerte, Pilar, porque resistía; Roussy no: ella era frágil como una copa de vidrio...; no, de vidrio no, de cristal del bueno, de aquel que tintinea musicalmente cuando le pellizcas el borde con los dedos.

Misia daba apoyo a la princesa y la consolaba de su pérdida. No en vano habían sido amantes, en Montmartre, compitiendo por el genio de Josep Maria.

La tuberculosis atacó a Roussy, y Coco Chanel la convenció para que ingresara en una clínica suiza. Roussy, sin embargo, solo hallaba consuelo en Misia. Pobre Misia. El majadero de Josep Maria llegó a echarle en cara que, si lo hubiera querido de verdad, no habría permitido que se fuera.

Yo también lo había querido, ya lo creo, y en eso me sentía como Misia: ninguna de las dos lo había podido retener.

27

A principios del verano de 1936, Dolors vino a verme para comunicarme que Antonieta había muerto. La noticia no fue una sorpresa, pues la criada ya era mayor. Hacía apenas una semana que la había ido a visitar y estaba muy débil; no sé si me reconoció.

Lo que sí fue una sorpresa fue aquel golpe de Estado a la República, que se convirtió de repente en una guerra entre hermanos. Aunque Pere ya había dado muestras bien claras, me resultaba muy difícil soportar que se hubiera posicionado del lado de los sublevados. Vio la oportunidad de que se hiciera realidad lo que él consideraba que debía ser un «gobierno serio».

Eduard y yo éramos discretos. No nos manifestábamos políticamente delante de mi hijo. Hablábamos, eso sí, de las atrocidades que se estaban cometiendo por todos lados. Porque Eduard y yo éramos los primeros que rechazábamos que se matara a sacerdotes y se violara la propiedad privada, claro está. Los bombardeos fueron inclementes, y las malas noticias, incesantes. Los primeros días de guerra, ardió la catedral de Vic y casi todos los lienzos de Josep Maria quedaron destruidos. Su gran obra desaparecía entre las llamas y el mecenas del gran proyecto catedralicio, el vicario general Jaume Serra, fue asesinado. Aquello marcó a Josep Maria para siempre, me parece.

La tumba del obispo Torras i Bages fue profanada. Me lo explicó Dolors una tarde que fui a su casa. Carme estaba enferma —un resfriado fuerte, solamente— y fui a hacerles compañía.

—Todo esto de la catedral —me decía Dolors— le ha hecho perder el norte y ha decidido respaldar al general Franco. Él solo piensa en la reconstrucción del templo de Vic, pero quizá lo tendremos que acabar reconstruyendo todo.

Ni el sentido liberal ni el profundo catalanismo de Josep Maria lo disuadieron. Posteriormente me enteré de que había viajado a Burgos, la capital provisional del bando insurgente, para negociar la anhelada reconstrucción. A pesar de eso, fue detenido por «rojo y separatista». La intervención de Serrano Suñer lo salvó de morir fusilado, y este le prometió que el proyecto se llevaría a cabo cuando se acabara la guerra.

Eduard y yo nos queríamos ir al Empordà, pero él se puso enfermo y tuvimos que quedarnos.

—Vete tú, Regina —me pidió.

—De ninguna manera. No insistas, porque no me apartaré de tu lado. ¿Y qué haría sin ti, en el Empordà?

—Puedes ir a otro sitio…

—Que no, que no me muevo de aquí.

El médico nos dijo que había contraído una pleuresía y le recetó un medicamento que había que preparar en la farmacia.

—Sobre todo, que haga mucho reposo —aconsejó—, y que coma, que coma tanto como pueda. Necesita coger fuerzas.

Comer, madre mía, ¡con la escasez que sufríamos!

No le dije nada al médico de lo que me había recomendado Llúcia: que tomara baba de caracol, que tenía propiedades curativas. No confiaba en los caracoles, pero sí en lo otro que me había vaticinado la curandera:

—Saldrá de esta, no te preocupes, pero le costará un poco.

Cuidando de Eduard, fui consciente de que no había estado nunca enferma. Era increíble. Algo de mocos y algún dolor de cabeza. Ni un dolor de muelas. Pere también gozaba de muy buena salud, se parecía a mí. Y, por lo que recuerdo, Tomeu tampoco había enfermado nunca.

Ver a Ramon siempre era reconfortante.

—¿Me puedes hacer este preparado, Ramon? Es para Eduard.

Y me proveí de plantas medicinales, tomillo, saúco, malvavisco, hisopo…

—Coge también cola de zorra —me recomendó mi amigo—: es muy eficaz para combatir la tos. Haz una infusión con las flores y que se tome dos o tres tazas al día.

Al salir, vi que uno de los hermosos vitrales de la farmacia estaba completamente resquebrajado. ¡Qué tristeza! La ciudad se caía a pedazos.

Caminaba hacia casa entre la niebla provocada por el humo de los incendios y de los escombros. Hacía poco que Sant Pere de les Puel·les había vuelto a sufrir un incendio. Olor potente de cirio chamuscado, de madera quemada y de piedra candente que resistía el embate del fuego. Me imaginé al san Pedro esculpido en el tímpano cobrando vida, desconsolado ante tanta desgracia.

Mi padre me había explicado la leyenda de aquella imagen que, el día de san Pedro, a las doce en punto de la noche, se levantaba, se rascaba un poco la nuca, mullía el cojín que le servía de asiento, le daba la vuelta y se volvía a sentar hasta el año siguiente. Eso solo pasaba el día de su santo. San Pedro iba muy rápido, decía el abuelo, y muy pocos lo podían ver.

Estaba cerca de casa, pero la alarma de bombardeo me alertó de que tenía que esconderme en un lugar seguro. No me daba tiempo a ir hasta el refugio de la estación de metro de Urquinaona y me tuve que quedar en el pasaje, que en los tramos cubiertos ofrecía protección.

Entré con otras mujeres —éramos todas mujeres— a uno de los almacenes, justo el que estaba delante de mi escondrijo. Hicimos lugar, arrinconando cajas para caber todas, sentadas en el suelo, arrimadas a las paredes. Dolors también estaba allí; la alarma de bombardeo la había pillado saliendo de la relojería.

—¡Ay, Dios mío! Si no llego pronto a casa, Carme se asustará.

—¿Cómo está Carme?

—Mejor, pero tiene mucho dolor. Hay días en los que casi no puede caminar.

Dolors, la hermana solícita, la sufridora.

Nos quedamos prácticamente a oscuras. Una lámpara titilaba con voluntad de resistir; se apagaba y se volvía a encender al cabo de poco.

«Padre nuestro que estás en el cielo…»

Vi a una mujer que abrazaba a su hija, una muchacha muy guapa, Mercè, quien años más tarde sería la zurcidora de un quiosco del pasaje. En una ocasión, más adelante, comentamos que habíamos coincidido allí para resguardarnos de las bombas. Otra madre tenía una criatura, un recién nacido, a quien daba el pecho. El niño —era un niño, me dijo la mujer— se hizo caca y el pequeño recinto quedó impregnado de mal olor. No hacía otra cosa que lloriquear, y me acordé de Pere cuando era pequeño y bramaba como un toro hasta que lo dejábamos bien limpio. Ayudé a la mujer a sacarle los pañales de gasa y le ofrecí el pañuelo de cuello con el que me había cubierto la cabeza para protegerme de las cenizas y el polvo. Pensándolo bien, no me protegía de nada importante.

—¿Seguro, señora?

Asentí.

La mujer me miró, extrañada de que le diera un pañuelo de seda para usarlo de pañal.

—Gracias…

«No hay de qué», pensé. Al fin y al cabo, allí dentro éramos todas iguales, vistiéramos de seda, ropa de indianas o con harapos.

Al fijarme en la criatura, pensé en Pere. ¿Dónde se habría metido?

—Santa María, llena de gracia —recé, acompañando a Dolors, que pasaba las cuentas del rosario con devoción. Lo hacía por inercia, sin ninguna convicción.

En uno de los muchos destellos que emitía la bombilla, un punto de luz hizo que me fijara en un trozo de tela que parecía quererse escapar de debajo de una caja. No sé por qué me acerqué y tiré de él. Otro trozo de tela podía ser útil para el pequeño. Era un pañuelo de lino. Estuvo a punto de caérseme de las manos, porque lo reconocí: pertenecía a Felip Torrent. Llevaba bordadas sus iniciales y aún lucía un blanco impoluto.

Mientras tanto, cesó el bombardeo.

Le di la chaqueta a la mujer que tenía el bebé, para que tuviera un poco más de abrigo. Aparte de hambre, también parecían tener frío. Luego reanudé el camino de regreso: tenía que preparar las infusiones para Eduard.

—Estaba preocupado por ti, Regina —me dijo con las palabras entrecortadas por la tos—. He oído las bombas.

—Me he refugiado en el pasaje, no te preocupes… Mira, te he traído unas hierbas que me ha recomendado Ramon.

Las fui a preparar, pero tenía la cabeza en otro sitio. ¿Qué hacía aquel pañuelo de Felip en el almacén? Recordé que, hacía unos años, habían encontrado a una pobre mendiga precisamente en aquel almacén (ya medio podrida, pues no la descubrieron de inmediato).

Las peores sospechas de Ramon ya eran las mías.

Me apresuré a guardar aquel pañuelo en una bolsa, dentro de la cajonera donde guardaba mi ropa interior.

28

Roussy murió en un hospital de Lausana.

Lo supe por Dolors y Carme. Josep Maria estaba tan afligido que no tuvo ánimo para escribirme.

—Nos ha pedido que te lo comuniquemos —me dijo Dolors.

Aunque el triste final era previsible, cuando una persona es joven —solo tenía treinta y tres años— siempre se conserva la esperanza de que la situación dé un vuelco. La princesa murió, dejando tras de sí la imagen de una mujer singular e impactante que lucía impermeables brillantes, toreras bordadas con piedras de colores y gorras colocadas en la parte posterior de la cabeza.

Roussy, la escultora, la mujer de la mirada triste, indolente, de quien hace un esfuerzo para mantener los ojos abiertos.

Las hermanas de Josep Maria también me dijeron que la salud de Misia estaba muy deteriorada. Una crisis cardíaca la había tenido al borde de la muerte y tenía la vista muy mal. Salió de aquella, pero el corazón le quedó muy débil y había envejecido de golpe. La apatía que arrastraba desde la ruptura con Josep Maria tampoco ayudaba.

—Desde que Josep Maria ha quedado viudo —me explicaba Carme—, Misia tiene la esperanza de retomar la vida en común con él.

No era de extrañar, ya que, a pesar de que se hubieran divorciado, Misia nunca se separó de él del todo, por más distancia y más amantes que hubiera de por medio.

—Se ve que va cada tarde a la Rue de Rivoli a hacerle compañía —agregó Carme.

—Oh, Regina —intervino Dolors—. ¿No sabes lo que ha pasado con la fortuna de Roussy?

—Pues no…

No sabía gran cosa del dinero que pudiera tener Roussy.

Sabía —me lo había dicho Josep Maria— que antes de casarse cada uno había hecho un testamento, según el cual los bienes de uno pasaban al otro, y daba la impresión de que ella, como todos los Mdivani, era una cazafortunas, porque a Josep Maria sí que se le conocía un buen patrimonio.

—Se ve que el hermano de Roussy —explicó Dolors— la había nombrado heredera universal, antes de morir en aquel desafortunado accidente en el Empordà.

—¿Y el hermano era rico?

Otra sorpresa.

—Sí, gracias a sus dos divorcios. Los Mdivani le reclamaron la herencia a Josep Maria, pero él los mandó a paseo.

Los Mdivani, los supuestos príncipes, los divinos. Los buitres.

—Y ahora se vuelve a consolar con Misia… —afirmé. A estas alturas, ya le tenía tomadas las medidas a mi primer amor.

—Sí, a la hora de cenar, sobre todo en Maxim's… —puntualizó Dolors.

No privarse de nada, esa era la consigna principal de Josep Maria. Sin embargo, no llevaba adelante nada más serio; del verdadero deseo de Misia —volver a vivir juntos, quién sabe si casarse de nuevo—, ni hablar.

Casarse…

Pere nos anunció que se casaba, finalmente. Nos lo dijo una noche que vino a cenar a casa. Fue toda una sorpresa. No sabía si alegrarme o preocuparme. ¿De dónde la había sacado? Nunca nos hablaba de su vida personal y, con la guerra, nos habíamos ido convirtiendo en agua y aceite.

En cuanto terminó la guerra se hizo remodelar la casa de la tía Teresina. Mi hijo tenía buen gusto y excelentes contactos. Las reformas estaban en sintonía, además, con un sentimiento de triunfo: habían ganado «los suyos» y había que celebrarlo.

Que se había prometido, nos dijo, y que se casaría pronto. Estuve tentada de comentar que no eran buenos tiempos para casorios, pero, para variar, me mordí la lengua. Ella se llamaba Cecilia y era hija de una familia de militares (de los suyos, ni que decir tiene).

Parecía discreta y era bonita, pero también distante.

Que Eduard fuera una persona respetada en el mundo industrial y no demasiado significada públicamente nos allanó el camino, tanto con los consuegros como con muchas otras cosas. No hubiéramos sobrevivido, si no. Y sí, me ilusioné con la idea de que podían tener descendencia.

Se quisieron casar en la catedral. Me hubiera gustado que se casaran en Sant Pere de les Puel·les, siguiendo la costumbre de casa.

—Pero, mamá, mire cómo ha quedado la pobre iglesia —me rebatió Pere.

Y tenía razón.

Como éramos pocos, la boda se celebró en la capilla del Santo Cristo de Lepanto, que es más pequeña que el altar mayor, claro. La tradición decía que estaba torcido porque se movió para salvar la vida de don Juan de Austria. Y todavía estaba bien ennegrecido por las bombas. Si las imágenes de Cristo crucificado ya suelen dar bastante pena, en este caso daba aún más, pobrecito, siempre inclinado.

Me hizo feliz llevar a mi hijo al altar. Estaban guapísimos los dos. Cecilia lucía un vestido de raso de seda y un drapeado muy bien confeccionado. También llevaba un velo bordado que me recordaba al mío, por supuesto: el velo maldito que me había regalado Pilar.

—Hacen muy buena pareja —decía con satisfacción mi consuegro, don Ramiro, a quien la barriga le tensaba los botones del chaleco.

A Pere le hizo ilusión celebrar el convite en el Hotel Oriente, que durante la guerra había sido colectivizado por sindicalistas de la CNT, quienes lo habían usado como hospital, como banco de sangre y para alojar a los periodistas que cubrían el conflicto. El Oriente, antes denominado Gran Fonda Oriental: el primer hotel que incorporó la iluminación con luz a gas. Anteriormente, como pasaba con otros edificios ilustres, había sido un centro religioso, el colegio franciscano de san Buenaventura. El abuelo Andreu me había contado muchas cosas del Hotel Oriente. Fue testigo de la inundación de 1862. Las aguas arrastraron todo: las casetas de madera, las mercancías, los carros, los barriles... Hans Christian Andersen, autor de tantos cuentos, se había hospedado en el hotel, pero él no sufrió la riada. Ahora, el edificio acogía aquel convite de regusto extraño, con un aire de victoria que dispersaba el hedor reciente de los efectos de las bombas.

Eché en falta a Josep Maria, que no pudo asistir a las nupcias. Se le amontonaban demasiados problemas. La muerte de su esposa y la situación de Misia lo retenían en París.

La guerra había terminado, pero en cierta forma continuaba, pues nos tuvimos que acostumbrar a un nuevo régimen igualmente sangrante, por mucho que la sangre brotara en silencio. Un régimen cargado de ridiculeces, también, que imponía cosas absurdas, como tener que oír el himno nacional en cada esquina. Mi propio hijo me vigilaba. Todo el mundo vigilaba a todo el mundo. La delación se había convertido en una actividad que fomentaba la sed de venganza.

Las acusaciones se hacían públicas en boletines oficiales y, de rebote, en la prensa. En *La Vanguardia Española* había un apartado que daba miedo: «Justicia Nacional». En él se publicaban las calles y los edificios donde se podía delatar. Y la Iglesia se sumó: era de buen católico denunciar al vecino.

Los masones —de quienes Eduard, en privado, era simpatizante— estaban muy perseguidos.

—Es el librepensamiento, Regina —me decía, convencido.

Había tenido el acierto de no hacerse miembro.

Castigar, atemorizar y silenciar eran las consignas.

Dos leyes propiciaron las delaciones y los disparates desde el final de la guerra hasta… ¿Hasta cuándo?, me pregunto. La Ley de Represión de la Masonería y el Comunismo y la Ley de Responsabilidades Políticas.

Todo esto nos lo explicaba Pere antes que nadie. ¿Era una advertencia?

Con el nuevo régimen, Felip Torrent encontró una buena manera de ocupar su tiempo. Yo no había tenido ocasión de denunciarlo, porque, con Ramon, no conseguíamos ponerlo entre la espada y la pared.

Cuando Eduard se recuperó de la pleuresía, le expliqué mis sospechas y las de Ramon, y que allí había algo; algo más allá del hecho de que Felip fuera un degenerado; algo que se nos escapaba.

—No es trigo limpio, Regina, ya lo sé. Y no está bien que alguien como él vaya tan tranquilo por la calle…

—Y entonces, ¿qué podemos hacer?

Eduard asentía con la cabeza, pero se lo veía resignado, como quien espera una tormenta inevitable.

—No son buenos tiempos para nosotros, Regina. Estamos en la cuerda floja. Tenemos suerte de que no nos acusen de «rojos y separatistas»; aún no me lo explico. Quizá tengamos que estar agradecidos a Pere, quién sabe.

—¿Pere? ¡Pero si él mismo nos vigila!

—Ya lo sé, pero nos ayuda indirectamente a no dar ningún paso en falso. Tendremos que esperar, Regina. De momento, es mejor que no hagamos nada.

No me hubiera imaginado nunca que, después de tanto tiempo, haría aquel hallazgo de una manera tan fortuita.

Una vecina me vino a buscar.

—Hace días que no veo a Pilar, señora Regina. Estoy preocupada... ¿Quizá usted tenga llave?

No la tenía, pero fui con ella a ver qué podíamos hacer. Llamé a la puerta. Nada. Avisé a un cerrajero. No me hubiera hecho falta, pero me daba vergüenza utilizar los trucos que me había enseñado papá.

Nada más entrar, notamos que apestaba a suciedad y opio. Pilar estaba estirada en la cama, sudada y meada, totalmente desaseada y adormecida por la humareda. Era impropio de ella, que siempre iba limpia como una patena y que, en aquel momento, hubiera hecho buena pareja con Gregall, de quien se decía que era el hombre más sucio de toda la tierra.

Me cargué de paciencia, de fuerza y de ganas, y la vecina me consiguió una mujer que me ayudó a limpiarlas, a ella y la casa.

Revivió. Pilar siempre revivía.

Y en eso que, cuando quise abrir la cajonera para coger ropa interior limpia para ella, como me costaba, estiré con mucha fuerza, el cajón salió disparado y todo el contenido cayó al suelo. Casi me aplasta los pies; por suerte, me aparté a tiempo.

¡Menudo estrépito!

—¿Qué ha pasado, Regina? —me preguntó Pilar, que debía de haber oído el estruendo.

—Nada, que me he tropezado…

El cajón se había resquebrajado y había dejado la ropa toda esparcida. Gracias al destrozo, quedó al descubierto el doble fondo que tenía. Asomaban unos papeles… Me bastó una ojeada para saber que era el testamento del abuelo. Tenía muchas ganas de leerlo, pero no me entretuve.

«Ya lo harás después, Regina.»

Me apresuré a recomponer el cajón y, como pude, lo recoloqué en la cajonera y metí la ropa que se había caído. Le di ropa limpia a la mujer que estaba cuidando de Pilar para que la cambiara y me fui, preguntándome si mi madrastra se acordaría de que tenía allí el testamento.

En casa, con tranquilidad, lo leí. El abuelo Andreu dejaba la casa a su hijo y, en caso de que este faltara, a sus descendientes.

Pasaron un par de días antes de que se lo dijera a Eduard. Necesitaba procesarlo. Me acordaba de Tomeu y de cómo lo había maltratado Pilar.

—Legalmente es tuya, la puedes sacar de la casa —afirmó mi marido.

Se me hizo extraño. Parece mentira la cantidad de cosas que harías cuando eres joven y, cuando te haces mayor… ¿Sentía pena por mi madrastra?

Pere se indignó:

—¡Cómo es posible, mama!

Sí, había adquirido la costumbre de llamarme «mama», cosa que no me gustaba.

—Está vieja: cualquiera de estos días se morirá —respondí—. No vale la pena. No quiero cargar con la responsabilidad de dejarla en la calle. Aunque fuera un espejismo, hubo una época en la que mi padre estuvo enamorado de ella.

Que era una tonta, sentenció Pere, pero que allá yo, que ya era mayorcita.

Acompañada de Eduard, me di el gusto de hacerle una visita y decirle lo que había encontrado. Debía de estar haciendo teatro… Una buena estrategia, la de hacerse la boba. Le dije que le dejaba quedarse en la casa, pero que quería que me explicara cómo se lo había hecho, que me lo dijera para compensarme un poco. Y puso esa cara insoportable, con aquel labio medio levantado y aquella media sonrisa que se rompía antes de producirse, cosa que me confirmó que sabía muy bien lo que hacía y que seguía aprovechándose de mí; que todavía me tenía por la pobre Tarongeta. Ya tenía razón mi hijo, sí.

29

Cecilia, mi nuera, tuvo una niña, y yo me puse loca de alegría.

Se llamaría Maria Teresa. ¡Qué ilusión, el nombre de mi querida tía Teresina! Sin embargo, no fue por ella que la bautizaron así, sino por la madre de Cecilia, que también se llamaba Teresa. Ya me pareció bien, aquella coincidencia, pero también me supo mal que a nadie se le hubiera ocurrido que también se podría llamar Regina.

Pere hubiera preferido tener un niño. Cuando Cecilia estaba embarazada, siempre hablaba del «chico», del «pequeño».

Mi hijo, además, ya no hablaba en catalán, ni siquiera con Eduard y conmigo. Y hasta se había convertido en Pedro. En eso de la lengua, con Eduard supimos resistir. Nunca le hablamos en castellano.

Si él pretendía renegar de su lengua materna, pues…

«Allá te las compongas.»

De más está decir que mis consuegros también repudiaban el idioma. Cuando oían a alguien que hablaba catalán, ponían muy mala cara.

«¿Dónde os creéis que estáis?», me preguntaba yo.

Transigí un poco, lo confieso, frente al abandono y el rechazo de la lengua. Los excusaba tímidamente, porque mis consuegros no eran de Barcelona; hacía apenas tres años que vivían aquí y quería mantener cierta armonía familiar.

Eduard no: él no «sabía» hablar en castellano. Fingía estar en Babia y no enterarse y, como hablaba poco —entonces ya hablaba poquísimo—, pasaba desapercibido. Aparte de eso, Eduard tenía un carisma natural, que se hacía respetar.

El gozo enorme por el nacimiento de la criatura se truncó rápidamente, pues no había pasado mucho rato desde el parto cuando Cecilia, tras expulsar la placenta, se empezó a desangrar. Con solo ver la cara de la comadrona, supe que algo no iba bien. Mi consuegra, Teresa, se había encargado de preparar el alumbramiento en casa de mi hijo.

—Me han recomendado a una comadrona que tiene muy buenas manos.

Me sentí ninguneada y ofendida. ¡Los forasteros eran ellos! Nos correspondía a Eduard y a mí tomar las riendas, pero ya bastante hacían tolerándonos, la gente del régimen. Yo hubiera preferido que Cecilia pariera en una clínica o en un hospital, donde habría estado mejor atendida, pero doña Teresa se adjudicó el mando de la situación.

—Pierde mucha sangre —dijo la comadrona, alarmada.

Se desangraba, más bien: la vida de Cecilia se escurría tras un reguero rojo. Parecía que a la comadrona no le servía de nada tener «muy buenas manos». Hice que avisaran a Llúcia enseguida, pero Pere la echó de la casa diciendo que lo que había que hacer era llevarla a un buen médico.

Pere nunca hacía caso, y a mí todavía menos.

No había tiempo para llamar a una ambulancia. Con gran celeridad, el padre de Cecilia se encargó de hacer venir un coche para llevarla a un hospital. ¿A dónde la llevaban? Ni eso eran capaces de decirme. Y la pobre Cecilia murió de sobreparto en el trayecto.

Cecilia, vida breve, esposa diligente, madre efímera.

¡Qué muerte tan triste —y a la vez, la más generosa que se puede ofrecer— perder la vida después de dar a luz! El vacío se adueñó de la casa.

«Qué poco te ha durado tu mamá, pequeña.»

¡Me sentí tan ligada a Maria Teresa…!

Pere estaba afectado, por supuesto, pero no dejaba de sorprenderme:

—Y ahora, ¿qué haré con la niña? —preguntó, como si hablara consigo mismo.

—Yo puedo cuidar de ella —afirmé enseguida y de todo corazón. De hecho, ya le había buscado una buena nodriza. No en balde, en nuestro Quarter, en la calle Flor del Lliri, se había establecido la primera agencia de nodrizas, que venían de todas partes, sobre todo de Galicia.

No tendría que haber expresado en voz alta mi deseo de criar y cuidar a Maria Teresa… La estrategia de Eduard era la mejor: callar. Mis palabras hicieron reaccionar a Pere y, a escondidas, hizo planes con sus suegros. Nos anunciaron que se volvían a Burgos, de donde no deberían haberse ido nunca. Que allí enterrarían a Cecilia, dijeron, entre ofendidos y resignados. Por un lado me alegré, pues ya me apetecía perder de vista a mis suegros y a Pere, pero separarme de la niña me partía el corazón.

Cuando me vio la cara de disgusto, doña Teresa agregó:

—Qué menos, señora Regina. Nosotros ya hemos perdido a una hija.

¡Que yo también era su abuela, doña!

Las malas noticias no terminaron aquí. Pocos días después, me enteré de que la policía había dado una paliza a Ramon.

¿Por qué? ¡Si era un pedazo de pan!

En la farmacia estaban trastornados. Joan Barnadas, el dueño, me puso al tanto:

—Menos mal que no se lo han llevado a la comisaría…, pero lo han amenazado con que, a la próxima, no se libra. ¡Madre mía, si hasta le han roto el brazo!

Era la comidilla de todo el vecindario: que si había pasado cerca del Arc de Triomf, que parecía un eccehomo, que era muy buena persona, que no había para tanto…

¿Que no había «para tanto»? ¿Qué querían decir? ¿Qué había pasado?

Rehuí las habladurías y, con Eduard, fuimos a visitarlo a su casa. Ramon vivía con su madre, que ya era muy viejita. La pobre mujer estaba desconcertada y asustada. Él se alegró de vernos, sentado en un sofá con protectores de encaje de bolillos en los brazos y en la cabeza.

Un ojo morado, el otro hinchado, el labio superior partido. El brazo derecho roto.

Nos sentamos delante de él, en las sillas que su madre nos trajo. ¡Daba tanta pena verlo…! Tragaba saliva, quería hablar, pero las palabras se resistían. No podía contener las lágrimas.

Permanecimos en silencio. De momento, la intención era que supiera que estábamos con él, apoyándolo. No nos atrevíamos a preguntar.

—«Por conducta indecorosa y en zona pública», me dijeron cuando ya estaba en el suelo y había recibido puntapiés y golpes de porra. Porque primero no fui consciente de lo que pasaba. Nos atacaron de repente.

—¿Os atacaron? —preguntó Eduard.

—Sí, a Quim y a mí. Quim y yo…

Lo dijo en voz baja, aprovechando que su madre había ido un momento a la cocina.

—A Quim le han roto la nariz y, como yo, recibió golpes en todo el cuerpo.

—Pero ¿esto cómo ha ido? —preguntó Eduard—. ¿Eran policías?

Lanzó un largo suspiro, intentando tomar el aire que le faltaba.

—De verdad que no hacíamos nada indecoroso; solo paseábamos uno al lado del otro y nada más, ¡que ya conocemos el paño!

—Pero ¿a santo de qué hacen algo así? —pregunté, indignada—. No les disteis ningún motivo… Y cómo es posible…, unos policías…

—Lo sé, lo sé, pero lo que me dijeron cuando se «despedían» me lleva a pensar en una posible explicación. Lo que más me duele es que Quim no tiene nada que ver y recibió por culpa mía...

Eduard y yo lo escuchábamos atentamente.

—Que no me metiera donde no me llamaban, que dejase en paz a la gente de bien, que además de maricón era un cotilla.

Alguien se había ido de la lengua, era evidente.

—Lo que podemos sacar de positivo —afirmó Ramon, ya más sereno— es que tenemos un pequeño testimonio de las consecuencias de haber hecho el cotilla.

—Y tú, que siempre tienes las antenas puestas.

Ramon nos explicó una historia que tenía cierto parecido con el episodio que había sufrido yo cuando era muy jovencita. Un niño había logrado escapar de las garras sudadas de Felip. Un pequeño vagabundo sucio y andrajoso, hambriento. Felip le había prometido comida para él y para su familia, pero primero tenía que bañarse, decía, porque, tal y como iba, lo acabaría pillando la policía.

—Ya os podéis imaginar —siguió Ramon— que, cuando el chiquillo estaba bien limpio y aseado...

—¿Y tú lo conoces, a este niño? —preguntó Eduard.

—Ya lo creo. Hablé con él, a pesar de las reticencias del padre, que hubiera estado encantado de que Torrent abusara del chiquillo a cambio de llenarles la despensa.

El poder de la miseria.

—Pero el testimonio del niño —auguró Eduard— poco puede hacer contra la palabra de un «hombre de bien» como Torrent.

Yo iba negando con la cabeza: aquello se tenía que acabar. Hacía años que me había propuesto pararle los pies a aquel canalla y debo admitir que, entre la guerra y lo que siguió, me había dormido. ¡Ahora sí, ya era suficiente!

—No es solo el del niño —dije—. También está mi propio testimonio, ¡y que todo el mundo lo sabe, caray, que este hombre es un depravado! —agregué, nerviosa. Sin embargo, ya sabía que la distancia entre lo que la gente sabe y lo que está dispuesta a decir es abismal. A la desesperada, remaché—: ¡Y el pañuelo! Guardo el pañuelo que encontré en el almacén del pasaje.

Quien iba haciendo que no con la cabeza era ahora Eduard.

—Todo eso está muy bien, Regina, pero, a la hora de la verdad, lo único que tenemos es una montaña de papel mojado.

30

Fuimos a Burgos a ver a Maria Teresa. La niña ya tenía casi dos años. Caminaba con soltura; era lista y despierta y se parecía a mí; al menos, eso es lo que me dijo Eduard.

Los consuegros se alegraron de vernos. Parecían otras personas, allí, en su tierra. Nos acogieron de buen grado. Hasta a Pere, sin que se mostrara alegre, se lo veía sereno, sin ánimo de buscar pelea, ni de contradecir ni de rezongar.

A Maria Teresa no se le hizo extraño vernos.

—A la niña le hablamos de los abuelitos de Barcelona y Pedro le enseña fotografías vuestras.

«Abuelitos», «Pedro»… No me acostumbraría nunca.

—Y tú, hijo, ¿cómo estás? —le pregunté a Pere.

—Voy tirando, mama, estoy bien.

Con aquella respuesta en catalán, sentí que recuperaba un poco a mi hijo.

Me confesó que echaba de menos Barcelona y me prometió que vendría a pasar unos días con Maria Teresa. Antes de que me dijera eso, habíamos tenido una conversación dura —la más dura de todas—, pero esclarecedora.

Pere me recriminó que yo nunca lo hubiera querido. Que lo había cuidado, sí, que, en lo material, nunca le había faltado nada, pero que mi frialdad le había congelado el alma.

—Mama…, usted nunca me perdonó que yo viviera en lugar de mi padre.

Virgen santa, ¡qué me estaba diciendo!

La verdad, eso es.

No pude rebatir sus palabras y entendí muchas cosas.

—Lo siento, Pere, lo siento mucho… Como te puedes imaginar, yo no quería que ninguno de los dos se hiciera daño.

Mi hijo me observaba, serio.

—¿Por qué cree que me portaba mal? —me espetó—. Para llamar su atención, madre. Hubiera preferido un buen cogotazo a su indiferencia.

—Pere, eso no es verdad: yo te quiero, siempre te he querido… Si supieras la ilusión que sentí cuando me quedé embarazada… Y mira que me costó.

—Pero era la tía Teresina quien me sentaba en su falda, quien me contaba cuentos antes de irme a dormir…

—No digas eso —lo interrumpí—, que cuando te explicaba alguna historia no me hacías ningún caso.

—Porque para entonces ya había decidido irle en contra.

—¿Y te parece que me lo merecía? Me hablas como si hubiera sido una mala madre, Pere, y eso no lo creo: una madre superada por las circunstancias, de acuerdo, pero ¿una mala madre?

Me dijo que tenía razón y que me entendía. Ahora se había dado cuenta de que criar a una criatura no era coser y cantar y él también las había pasado canutas. Me propuso hacer borrón y cuenta nueva, empezar de cero, y a ello nos comprometimos.

De regreso en Barcelona, lo primero que hice fue ir al fotógrafo para que revelara las fotografías que nos habíamos hecho en Burgos con mis consuegros y Maria Teresa; hice una copia bien grande de una foto de ella y la colgué en la mejor pared de la sala de estar.

—No te importa, ¿verdad, Eduard?

—Que no, mujer… Oye, no olvides que yo también soy el «abuelito catalán» de la niña.

Y el mundo que volvía a estar en guerra; otra gran guerra que implicaba a la mayoría de las naciones. La nuestra no: el general Franco decidió que España se mantuviera al margen. Un acierto que tuvo.

Me llegaban noticias de Josep Maria. En contraste con su compromiso activo con la causa aliada durante la Primera Guerra Mundial, ahora se mostraba más apático. Acomodado.

Durante los años en los que las tropas alemanas ocuparon París, gozó de una situación privilegiada. No sufrió ningún tipo de privación. A su piso de la Rue de Rivoli seguían llegando todos los pinceles de Londres que necesitaba, los panes de oro de Italia, las telas de Suiza… Y seguía yendo tranquilamente a todas partes, como si no pasara nada. Era un artista intocable. Se desplazaba en coches ostentosos y seguía ofreciendo a sus amigos todos los lujos a los que los tenía acostumbrados, algo que contrastaba con las privaciones que sufría la mayoría de la gente.

¿Había perdido Josep Maria su espíritu cristiano? No del todo, según él, porque seguía protegiendo a Misia. Sin embargo, ya iba detrás de otra mujer, Ursula von Stöhrer, esposa del embajador alemán en España. Josep Maria me escribió y me dijo: «Con Misia tuve una madre; con Roussy, una hija; y ahora tengo una verdadera esposa».

Vaya jeta. Volátil como una mariposa, hubiera reiterado el abuelo.

Y seguía con su ambicioso proyecto de Vic y se codeaba con la flor y nata del régimen, como Juan March, el «banquero de Franco», que le encargó ornamentar su residencia madrileña y su palacio en Mallorca.

Ya sea por el recuerdo del primer amor perdido o por todo lo que hizo por mí y por Pere a lo largo de los años, el caso es que yo se lo perdonaba todo, a Josep Maria. Y, aunque lo viera convertido en un ser egoísta y opulento, también hay que reconocer que no se olvidaba de sus amigos. En algún caso, utilizó sus influencias para librarlos de un destino fatal, como con Maurice Goudeket, el marido de Colette, su antigua amante.

Cuando la madre de Tarongeta envió a una bruja a buscar a su hija al bosque, la bruja se disfrazó de vendedora ambulante y se hizo pasar por una buhonera que vendía anillos. Cuando encontró a Tarongeta, le regaló uno. Al ponérselo, la princesa se quedó dormida, como muerta. Los gigantes, sumidos en la tristeza, la llevaron a una cueva. Cada día la iban a ver y era un prodigio, porque Tarongeta seguía igual de bonita. Pasaron meses, años, hasta que el hijo de un rey la vio. Se enamoró de ella hasta tal punto que la llevó a su palacio. Cada día la contemplaba, embelesado. El príncipe, no obstante, se tuvo que ir a la guerra, y la princesa se despertó por casualidad: una criada entrometida se enamoró del anillo de Tarongeta y se lo quitó. Al quedar liberada del anillo maldito, la princesa se despertó.

Eso era lo que yo quería: despertar de la pesadilla de los Torrent y que se hiciera justicia. La justicia escaseaba, sin embargo, y Ramon, tras la paliza de la policía, empezó a ser más prudente en sus inquisiciones. Seguía aguzando las orejas y abriendo los ojos, eso sí, pero iba con pies de plomo. Por su parte, Felip Torrent, que no era burro, sino perro viejo, también debía de estar yendo con cuidado, porque hacía tiempo que parecía realmente un «hombre de bien».

Yo procuraba hacer mi vida, acompañada de Eduard y compartiendo ratos con mis amigos. Ramon, Rosita, Isabel Llorach… Con ella fui a una exposición que Laura Albéniz hizo en Barcelona, en la sala Dalmau. Laura, quien, oficialmente, había sido el primer amor de Josep Maria, se había convertido en una gran pintora.

31

Un año antes de que Pilar muriera atropellada por un camión, me mandó llamar por medio de una vecina, que vino a buscarme a casa. La mensajera me dijo que mi madrastra me quería ver.

—¿Y por qué no viene ella? —pregunté a la vecina, a quien conocía de vista.

—Porque le cuesta mucho caminar… Me ha dicho que, por favor, señora Regina, que vaya cuando usted pueda.

—De acuerdo, me pasaré.

Me esperé un par de días. Tenía mucha curiosidad, pero no quería mostrar impaciencia. Fui con cierto reparo, claro, porque de Pilar siempre te podías esperar cualquier bajeza.

Nada más entrar y verla, me di cuenta de que volvía a ser ella, de que se había recuperado.

Muy pulcra, altiva y con una mirada burlona. ¿Cómo se podía llegar casi a los noventa años y seguir siendo tan retorcida?

—Siéntate, Regina, que tú tampoco tienes edad para estar de pie —dijo, señalándome una silla frente a la mecedora donde ella solía sentarse: una mecedora que había pertenecido a mi abuela paterna, a quien no pude conocer.

—Quiero hacerte un regalo… —anunció.

Un regalo envenenado, seguro; como el anillo que la bruja le regaló a Tarongeta. No era el primero que me hacía.

—¿Otro velo, quizá? —le pregunté con ironía.

—No, no se trata de ningún velo, no. Pero era bonito, ¿verdad?

Y esbozó aquella sonrisa tan suya, tan falsa y maliciosa.

Guardé silencio y me tragué las ganas de preguntar qué misterio se ocultaba detrás de la historia del velo maldito. Como me dijo una vez Llúcia, bastaba con la mala intención. Y no, no quería darle el gusto de decirle cuánto había llegado a sufrir cuando no lograba quedar embarazada.

—Quiero hacerte un regalo —repitió—. El día que viniste con tu marido, este que tienes ahora, porque el otro ya sé que cayó desde lo alto…

Pilar y su falta de sensibilidad.

—… me dijiste que podía quedarme en la casa, a pesar de que, por derecho y ley, es toda tuya, y después pensé…: le debo una, a Regina.

«¿Una, solo?»

Me miró fijamente, escudriñando mi alma, y me sorprendió con una pregunta inesperada:

—A ti te gustaría hundir a Felip Torrent, ¿verdad?

No dije nada; se me hizo un nudo en la garganta.

—Y necesitas pruebas —prosiguió—. Hazme un favor, Regina, que tengo las piernas demasiado cansadas… Ve a la cómoda, esa que ya conoces.

—¿Y qué tengo que buscar allí, si se puede saber?

—Una libreta con las tapas de color verde. La encontrarás enseguida. Está en el cajón de arriba, el que se te cayó al suelo.

Allí estaba, justo donde me había dicho.

—Tráela, tráela…

Me volví a sentar e hice ademán de dársela.

—No, no, que es para ti. Ábrela, mira todo lo que tengo apuntado… Me llama la atención que la letra se me haya deteriorado tanto.

Fechas, nombres, breves descripciones llenaban unas cuantas hojas de aquella libreta.

—Mira —me indicó—, a la izquierda está escrito el año, al lado el nombre del niño, cuántos años tenía… Ya ves que no fuiste la primera…

«1891. Regina Soldevila, 13 años.»

¿Qué? Había tantas preguntas para hacer que no sabía por dónde empezar.

—¿Y esta cruz verde que hay al lado de mi nombre…? —pregunté.

—Buena observación, Regina. Que te libraste, así de simple —afirmó, sonriente, como si se alegrara—. Eras tan deslenguada como lista.

Estaba horrorizada. Había muchos nombres y demasiadas cruces rojas.

—Pero, no entiendo… ¿Qué es esta lista?

—A veces eres un poquito lenta, Regina —suspiró, aburrida de tener que explicarse—. Deja que te lo resuma: yo, que sabía todo lo que ocurría en el barrio, primero observaba, me fijaba muy bien en el pelagatos o la pelagatos que podía resultar conveniente y, después, notificaba a Felip. Hubo un tiempo en que a su madre… A cambio, ellos me ayudaban.

—Yo era una pelagatos… —verbalicé con un asco que me cortaba la respiración.

—Oh, no, no, tú fuiste un caso muy especial.

Temblaba de pies a cabeza. De indignación, de impotencia. Y volví a mirar la libreta.

—¿Y Miquelet?

Miquelet no estaba en aquella lista.

—¿Él qué tiene que ver? —preguntó con tono áspero.

«¡Qué caradura!»

—Que Felip Torrent también se aprovechó de él.

—Ah, no, ¡de ninguna manera! —protestó—. Felip quería a Miquelet, nos ayudó mucho. Y, si le permitió algo…, era cosa suya. Ni yo ni Torrent lo obligamos a nada.

—Yo lo veo de otra manera —afirmé, enfadada—. Y, si fue así, ¿por qué lo dejó? Miquelet se puso muy triste.

—Se fueron distanciando porque la gente empezaba a hablar mal, precisamente.

—¡Era lo mínimo que podía pasar!

—La gente, a menudo, no sabe nada. Solo chismorrea y chismorrea… Tú lo sabes tan bien como yo: mi pequeño lisiado fue feliz durante un tiempo y no fue gracias a ti ni a mí.

Aquello, naturalmente, no me lo tragaba, pero no me convenía contrariarla: quería información y pruebas contra Torrent.

—¿Y por qué me cuenta esto ahora, Pilar?

—Porque todo tiene un límite y… Yo pensaba que alguien le pararía los pies, pero Felip es un mal bicho, y ya ha habido suficiente. Hay cosas que no me gustan, cuando se llevan al extremo… Él no puede soportar la suciedad y, a veces, suceden accidentes… La libreta es tuya —sentenció—. Haz con ella lo que creas conveniente.

—Pero usted también está implicada…

—A mí no me pillarán, Regina. Y, si lo hacen, a la edad que tengo… Me tomaré unas hierbitas y sanseacabó.

—Pobres criaturas, ¿qué culpa tenían…? —murmuré.

—Todo depende de cómo se mire, mujer: las trataba bien, las lavaba, las vestía, las alimentaba… A ti misma, en tiempos aún de Palmira. Te trataba como a una reina, ¿no? Y todo tiene un precio, ¿verdad? —Aquí me debió de ver la mirada de odio, porque le dio la vuelta al argumento—: Solo quiero hacerte una advertencia, Regina. Encárgate primero de Torrent, porque yo te puedo ser útil como testigo…

Me guardé la libreta, que me quemaba en las manos. Me faltaba por saber una cosa importante.

—¿Qué pasó con el abuelo Andreu?

—Oh, nada —respondió, convencida—. Yo apreciaba a tu abuelo. A ver, solo le nublé un poco la mente para que firmara a favor mío… Fue un accidente; ya sabes que tengo muchas hierbas medicinales y otras que no lo son tanto, y él tocó el anapelo azul, el matalobos… Lo debió de confundir con la cuscuilla. Me lo traía una *trementinaire* que bajaba de Osona a Barcelona. Y como su corazón estaba débil y el anapelo azul es muy tóxico…

«Mala pécora, ¡seguro que dejaste la hierba al alcance del abuelo!»

En casa leí con atención aquella libreta, que decía mucho y, al mismo tiempo, muy poco, y me lamenté por las preguntas que no le hice… ¿Cómo se las había apañado para robarle el testamento al notario?

Se lo expliqué todo a Eduard y empezamos a hacer gestiones: el trajín de interponer la denuncia, asesorarnos con un buen abogado, recoger testimonios, hablar con la policía… Eduard fue consiguiendo información de extranjis. Era peligroso, no obstante, pues algunos contactos lo podían poner en un compromiso. De todas maneras, todo era muy lento, y pasaban los días, las semanas, los meses… Y nada concreto.

«Pilar, vieja bruja, sabes bien lo que haces.»

No me podía quedar de brazos cruzados: ya lo había hecho durante demasiado tiempo. Era una vieja que iba camino de los sesenta y siete años, pero todavía podía causar un poco de revuelo. Y tuve una idea repentina, que me rejuveneció de repente. Si tenía consecuencias, asumiría la responsabilidad.

Me entusiasmé como cuando era pequeña y, con Vicenç y Rosita, planeábamos una travesura.

Primero se lo expliqué a Rosita. Ella convenció a Vicenç y, como no podía ser de otra manera, también incorporamos a Ramon. Nos reunimos en casa de Rosita.

Cuatro viejos confabulando, recordando aquella ocasión en la que tres de nosotros nos conjuramos contra Felip Torrent.

Fue como reencontrarnos en el escondrijo del pasaje. Retrocedimos en el tiempo. Volvíamos a ser niños.

Sobre la mesa del comedor, como si de tesoros se tratara, expusimos las pruebas que teníamos: el pañuelo de Felip Torrent, la libreta que me había dado Pilar y la que había aportado Ramon, la de las sospechas que, durante años, había ido apuntando.

—Cuadran bastante con las notas de Pilar —aseguró Ramon.

La mayoría eran criaturas que no tenían a nadie que se ocupara de ellas. Otras eran tan pobres y en casa eran tantos que, si se perdía alguno, qué se le iba a hacer.

Atacaríamos con la misma arma que utilizaba Torrent desde hacía tiempo: la impunidad de la gente mayor. Nadie nos podría acusar de nada, con la pinta que teníamos.

Y llegó el día de... el día de la aventura, podríamos decir. O, mejor aún, el día de hacer justicia.

Unos mozos de cuerda de la plena confianza de Vicenç, unos hombres fuertes y altos como pinos, se dirigieron a casa de Felip Torrent. Iban cargados: llevaban a hombros uno de esos barriles grandes de vino.

Llamaron a la puerta.

—Traemos un pedido para el señor Torrent...

La vieja criada los dejó pasar con reticencia.

—Jóvenes, que la cocina está por aquí —les avisó la mujer, al ver que se dirigían hacia otro lado.

Fueron directamente a donde yo les había indicado, al cuarto de baño, y allí dejaron el barril. A continuación, mientras uno distraía a la criada, el otro fue hasta la biblioteca y, sin ninguna ceremonia, asió fuertemente a Torrent por el brazo, lo levantó y lo llevó al baño. Torrent era una piltrafa vieja y frágil y no debió de costarle nada cargarlo.

El hombre que llevaba a Torrent lo metió en la bañera, lo obligó a sentarse y, acto seguido, él y su compañero volcaron dentro el contenido del barril.

La hermosa bañera de porcelana se llenó del estiércol que habían recogido en una fosa séptica.

Torrent, tan limpio y aseado él: ¡cómo me hubiera gustado verlo, intentando sacarse de encima los excrementos con sus manos húmedas y arrugadas! Manos impotentes.

Los mozos de cuerda le contaron a Vicenç que Felip chilló, aulló, pidió auxilio, amenazó con llevarlos a prisión... Pero su protesta fue breve, porque uno de los hombres lo empujó al fondo de la bañera llena de mierda con un cepillo largo de esos para frotarse la espalda.

Con la boca llena de inmundicia, no podía agregar nada más. Y, siguiendo mis instrucciones, uno de los hombres, el más fornido, le advirtió:

—Pobre de ti como digas algo de lo que ha pasado, porque volveremos a venir. Y, si tú dices algo —agregó dirigiéndose a la mujer—, también irás a parar a la bañera.

Los hombres se fueron escaleras abajo, saltando los escalones de tres en tres. Les llegaban de fondo los chillidos del gorrino que sospecha que irá al matadero. La criada se quedó clavada en la puerta sin saber qué hacer, tapándose la boca y la nariz con el delantal.

Me supo mal por los vecinos, porque aquella peste tardaría días en desaparecer del todo.

No lo he vuelto a ver nunca más, a Felip Torrent, y mis amigos, conocidos y vecinos tampoco. Hay quien dice que murió de un ataque al corazón y que su casa la heredó un primo que enseguida la vendió a unos desconocidos. Los nuevos residentes quizá no sabrían nunca que un día, allí, en la antigua bañera, un sinvergüenza pervertido quedó cubierto de mierda hasta las cejas.

Otros dicen que se volvió loco, que desvariaba y que, como era un viejo agresivo, lo encerraron en el sanatorio de Sant Boi.

Sea como fuere, el alma podrida de Felip Torrent no disfrutó de ningún funeral, ninguna esquela… Alguien, no obstante, se debió de ocupar de sus restos. O quizá, quién sabe, lo tiraron directamente a una fosa séptica.

Felip Torrent se esfumó, dando lugar a una historia que, si la hubiera sabido mi abuelo, me la habría contado y me habría dado miedo: la historia de un hombre muy malo y de mirada taimada que siempre tenía las manos sudadas y prontas para cazar criaturas y que corría como un alma en pena por el barrio de Sant Pere, lamentándose de su suerte. Apestaba, desprendía un olor insufrible, e iba más sucio todavía que aquel Gregall de la leyenda. De vez en cuando se aparecía a los niños que hacían travesuras y los amenazaba y les decía que se los llevaría a su bañera. Este imitador del hombre del saco había sido un impoluto «hombre de bien» y ahora se había convertido en un despojo humano: en un auténtico don nadie.

Epílogo

Me han bautizado tres veces: han dicho de mí que soy el pasaje Cirici, el de la Indústria y el de las Manufactures. Quién sabe si no tengo algún otro nombre. No me identifico plenamente con ninguno de ellos; una sola palabra no podría definir mi esencia. Desde que nací, he servido de escalón al tiempo. No soy un paso cualquiera; soy más que un atajo, más que una galería entre dos calles, reservada a los viandantes. Sí, porque mi desnivel es el testimonio de una época perdida entre las pendientes de esta ciudad, cuando aún no tenía conciencia de serlo.

Soy único, singular, y lo que comparto con los otros pasajes es el cúmulo de vivencias de los seres humanos que han atravesado y atraviesan mis entrañas.

Los he visto de todo tipo.

Enamorados incontinentes intercambiándose besos, gente airada soltando cuatro gritos por cualquier tontería, vendedores laboriosos que han montado un quiosco para ofrecer productos y servicios de toda clase: zapateros, relojeros, impresores... Me he dejado impregnar por los aromas de los pequeños cafés y por los pimpollos de las floristas; he permitido que se amontonaran pilas

291

de ropa dentro de los almacenes, una muestra inequívoca de la tradición textil del Quarter.

He tenido pequeños comercios y quioscos diminutos, como el del óptico, trepado a un altillo donde tallaba los vidrios; la tiendecita de Mari, con todos sus objetos de regalo; la portería mínima, con su puesto de bisutería; Mercè, la zurcidora, que, con manos primorosas, sabía convertir un jirón en un bordado... Tantas personas laboriosas que me han acompañado con el rumor de su trabajo y sus conversaciones. He sido un punto de encuentro donde juntarse a charlar —¡cuántas vivencias que ha escuchado la larguísima barra del bar de Marulo!—, hacerse confidencias y descargar el alma.

Y no todo han sido pequeños negocios: también he visto crecer en mi interior empresas que han seguido mi curso, desde la calle Trafalgar hasta Sant Pere Més Alt. Sí, hablo de ti, Nobeal. Un almacén de venta al por mayor que hacía el mismo recorrido que yo. La sólida empresa que crearon Eduardo Soler, Francesc Carbonell y Simó Acero.

La suerte también ha probado fortuna en el puestito de la lotería.

Con disgusto he observado a ladrones y asesinos sin escrúpulos que me han usado para acortar camino. En momentos así he deseado ser capaz de estrecharme para impedirles el paso y hacer justicia. Y he procurado ser solidario con los estudiantes cuando huían de la policía (y no han sido pocas las veces).

Todo fue cambiando, incluso aquel gobierno siniestro.

A medida que me acercaba al siglo XXI, sin embargo, desapareció aquella ilusión de la gente por instalar su pequeño negocio, su parada. La razón: los compradores preferían ir a otro lado. Y los viejos oficios de toda la vida, zapateros, merceras, aquellas mujeres que sabían coger los puntos de las medias…, ya no eran necesarios. Era más fácil y más barato comprar una pieza nueva, ya fuera un abrigo o un reloj. Las revistas y los diarios a duras penas tenían salida. Fuera, en cambio, en la calle Trafalgar, se desplegaban una serie de almacenes de ropa barata que venía de Oriente.

Nostalgia y desconcierto. Sí, porque yo había tenido de todo: hasta una fábrica de abanicos, en el principal al que conduce mi escalera de mármol. Hoy, esta escalera es uno de los secretos más fotografiados de Barcelona; todo buen curioso la viene a ver. Después de unos años de letargo y persianas bajadas, en los últimos tiempos brillo con una luz renovada; dentro de mí se ha creado un lujoso espacio hotelero que empieza en mi umbral de la calle Trafalgar y que se adentra en mí, ofreciendo a los clientes todo tipo de servicios y comodidades que han ido apareciendo últimamente en este siglo. Miradme, menuda transformación: ¡yo, que fui el pasaje de los más humildes!

Durante los años de letargo, tuve mucho tiempo para pensar y para recordar a los personajes favoritos de mi historia. ¡Tengo tantas imágenes grabadas…! Hay una que se me hace muy presente y no puedo evitar recordarla. Era el año 1949. Ni que sea por un momento, quiero recrear aquel tiempo.

Una niña de trenzas rubias daba saltitos sobre mis escalones. Tenía unos ocho años. Era inquieta y avispada, de aquellas que quieren saberlo todo. Su abuela la seguía, cogiéndose de la barandilla, una de hierro clavada en las paredes de mis muros. Iba despacio, la abuela; era vieja y tenía miedo de caerse, pero ponía tanta voluntad que los tobillos no se le torcían.

—¡Ten cuidado, Maria Teresa! —le decía a la niña.

La mujer gritaba instintivamente, porque hay que hacerlo, porque la gente mayor siempre lo ha hecho, no porque sirva de algo, pues, si la criatura se tiene que caer, se caerá, de todos modos.

La abuela con nombre de reina me había recorrido cientos de veces. La recuerdo perfectamente de cuando jugaba aquí también con sus amigos. Me conmueve recordar cuando me eligió para esconderse, cuando huía, muy asustada, de las garras de un pervertido. En uno de mis rincones, detrás de una puertita de las muchas que tengo, aquella niña tenía un escondrijo y guardaba un tesoro.

Te lo custodié, Regina, porque sabía que para ti era muy valioso.

No hacía ni una semana que la abuela le había mostrado su refugio a la nieta. La anciana, que ya era viuda, había convivido poco con la niña, pero la conocía bien; sabía que ya tenía el entendimiento suficiente para poder confiarle un secreto. No le contó ninguna historia truculenta y le ahorró las historias de degenerados, pero sí que le dijo que aquel era un lugar mágico, de juego y de resguardo, para ella y para sus amigos.

La abuela era feliz, pues, después de seis años, había recuperado a su nieta y a su hijo, que se había ido a tierras de Castilla. Se había marchado con los padres de su esposa, que había muerto al dar a luz a la niña. Más adelante, los suegros del hijo murieron y él decidió volver a la ciudad y el barrio que lo habían visto nacer; el barrio que llevaba su nombre.

La nieta era feliz, porque tenía una abuela que jugaba con ella y le contaba historias y cuentos, como el de Tarongeta.

Venían a menudo a visitarme. Yo me henchía de orgullo cada vez que Maria Teresa se maravillaba ante mis patios de luces —pozos de aire y de luz— y mis rincones. La abuela, voluntariosa, se sentaba en los escalones para complacer a la nieta, que la ayudaba diligentemente. La niña esperaba con ganas que la mujer abriera el bolso y le diera galletas, una chocolatina o la pequeña garrafa con gaseosa. No era propio de una señora sentarse en una escalera de paso, pero Regina era especial: era discreta y elegante, pero nunca se había dejado atar por las convenciones sociales. Si la niña prefería pasar el rato en mis escalones en lugar de en una cafetería, allí se quedaban, compartiendo conversaciones e ilusiones. La vida.

Después, a la hora de irse, venían los «ays». Menos mal que la abuela tenía mis barandillas y que algún transeúnte solía intervenir para ayudarla a levantarse.

Uno de esos días, además de la merienda, la abuela le llevó un regalo: el broche de la monja Genoveva que había guardado tan celosamente en mis entrañas. «Lo he estado guardando para ti», le dijo con los ojos entelados, emocionada. Y le comunicó con solemnidad que formaba parte del linaje de las monjas casaderas del convento de Santa Maria de Jonqueres.

Los ojos de la niña también se nublaron. Se sintió muy importante. En aquel momento, no había nada más importante.

Hoy el silencio se adueña de mí cada noche, y siento añoranza. Me he convertido en un recuerdo imperceptible de aquel acantilado que separaba el llano de Barcelona de las zonas deltaicas y marítimas de la costa. Y echo de menos aquel ajetreo de cuando me creó Joan Cirici.

Espero la siguiente transformación con la que me sorprenderá la historia. Y lo hago agradecido, porque podría haber dejado de existir, convertido en un espacio cerrado, con los accesos cortados y el paso de un lado al otro proscrito, anulado.

Estoy vivo, y con la voluntad de seguir ofreciendo un servicio de atajo a los ciudadanos; a los barceloneses de siempre, a quienes me visitan de nuevo y se maravillan de mi existencia, y a los viandantes curiosos. Sigo siendo único en un aspecto, al fin y al cabo: soy la distancia más corta entre el Eixample y el Quarter de Sant Pere. ¡Qué ciudades tan diferentes las dos!

Agradecimientos

A mis buenos amigos del IQS Josep Maria del Mazo y Toni Avilés, que un día, al mencionar el pasaje Cirici, despertaron en mí el interés por crear una novela en torno a él. Que hubieran vivido en el barrio de Sant Pere y atravesado una y otra vez el pasaje me ofreció la oportunidad de hacer aún más rica la experiencia.

A Àlex Monzó, ingeniero industrial, amigo y compañero de escuela de Josep Maria del Mazo, que amablemente compartió conmigo sus recuerdos y vivencias del barrio que lo vio crecer, el de Sant Pere. Le estoy muy agradecida por haberme acompañado al pasaje, mostrado sus rincones y hablado de su madre, Mercè Polo, zurcidora que trabajó en uno de los emblemáticos quiosquitos. Y por haber atendido con tanta complicidad mis reiteradas peticiones.

A mi amiga Rosa M. Martín Ros, historiadora del arte y especialista en el estudio de los textiles y la indumentaria, que me ayudó a encontrar los vestidos más adecuados, según la ocasión y el nivel social, para los personajes femeninos de la novela, sobre todo para la protagonista: Regina.

A mi amiga y compañera de tertulias literarias Blanca Soler y a su hermano Àlex, que me hablaron del pasaje y de la empresa Nobeal. Su abuelo fue uno de los fundadores del negocio, cuyos departamentos y estancias seguían, singularmente, el curso del pasaje.

A Isabel Margarit, amiga, historiadora, escritora y directora de la revista *Historia y Vida*, que me aportó valiosos detalles sobre la figura del pintor Josep Maria Sert.

A Josep Fonoll Piqué, de la farmacia Padrell, quien me facilitó el listado de los boticarios que estuvieron al frente de la farmacia, la más antigua de Barcelona, ubicada primero en el barrio de la Ribera y después en la calle Sant Pere Més Baix, en el número 52, donde se encuentra actualmente.

A mi agente literaria, Isabel Martí, que enseguida creyó en el proyecto de esta novela.

A los miembros del jurado que confiaron en *El pasaje* y decidieron otorgarle el premio Santa Eulàlia.

Al equipo de la editorial Comanegra, especialmente a Jordi Puig, editor, por cuidar el texto con atención y minuciosidad y por sus oportunas y acertadas observaciones.

A los libreros, a los que son amigos, a los que conozco y a los que no. Les doy las gracias, una vez más, por facilitar que mis libros lleguen a los lectores.

A los de casa, que sufren mis inmersiones en las historias y en el tiempo y mis «ausencias»; especialmente a Albert, mi marido, a quien dejé sin vacaciones compartidas durante el verano de 2024, mientras yo «hacía vida» en el pasaje.

Y a vosotros, lectores y lectoras, muchas gracias por leerme.

Algunos personajes reales que intervienen en la novela

Josep Maria Sert i Badia (Barcelona, 1874-1945)
Pintor y decorador de proyección universal. Destacó como muralista especializado en la técnica de la grisalla. Nació en el seno de una familia de ricos industriales textiles, fabricantes ennoblecidos de tapices y alfombras en el barrio de Sant Pere de Barcelona. Hijo de **Domènec Sert** y de **Maria Badia**, que también aparecen en la historia.

Dolors y Carme Sert i Badia, hermanas de Josep Maria Sert.

Misia Sert (San Petersburgo, 1872 - París, 1950)
Pianista excelente; rodeada desde muy joven por músicos como Franz Liszt o Gabriel Fauré. Sin embargo, no quiso hacer carrera; solo tocaba para sus amigos y para su propio disfrute. Fue musa de diversos artistas y se casó tres veces. Su tercer marido fue Josep Maria Sert.

Isabel Llorach (Barcelona, 1874-1954)
Figura destacada de la burguesía barcelonesa de principios del siglo XX. Se distinguió por la intensa dinami-

zación de la vida cultural y social que promovió en la ciudad.

Margarida Xirgu (Molins de Rei, 1888 - Montevideo, 1969)
Actriz. Una de las personalidades más destacadas en el mundo del teatro del siglo xx en las facetas de actriz, directora y profesora. Debutó profesionalmente en el Teatre Romea de Barcelona.

Mercè Polo Molina (Barcelona, 1927-2015)
Zurcidora. Nació en la calle Mònec del barrio de Sant Pere. Trabajó en uno de los quioscos del pasaje de la Indústria. Estuvo allí hasta 1992.

Josep Maria de Sagarra (Barcelona, 1894-1961)
Poeta, novelista, dramaturgo, traductor y periodista catalán. Autor de obras dramáticas muy populares y miembro destacado del Institut d'Estudis Catalans y de la Acadèmia de les Bones Lletres. Descendiente de una familia de la aristocracia catalana, no tardó en dedicarse a la literatura. Obtuvo numerosos premios literarios y muchas de sus obras han sido traducidas y llevadas al cine (*El cafè de la Marina*, *La ferida lluminosa*, *La rambla de les Floristes*, *Vida privada*).

Bibliografía consultada que puede interesar al lector

ALBET GUINART, Marcel. Blog: «A peu de carrer, foto dietari». Passatge de les Manufactures. 22 de junio de 2012.

AMADES, Joan. *Folklore de Catalunya. Rondallística.* Vol. 1. Barcelona: Selecta, 1950.

AMADES, Joan. *Costumari Català.* Vol. IV. Barcelona: Edicions 62.

CANALS, Enric. *Delators. La justícia de Franco.* Barcelona: L'Esfera dels Llibres, 2007.

CAPILLA, Antoni. *Barcelona barri a barri. Ciutat Vella.* Ajuntament de Barcelona/Cossetània Edicions, 2014.

CARRIÓN, Jordi. *Barcelona. Llibre dels passatges.* Traducción: Maria Llopis i Freixas. Barcelona: Galàxia Gutenberg, 2017.

CIRICI, Alexandre. *Barcelona pam a pam.* Barcelona: Editorial Teide, 1985.

DE SERT, Francisco. *El mundo de José María Sert.* Barcelona: Editorial Anagrama, 1987.

D'ASPRER, Núria. *Barcelona: passatges de traducció. Algunos pasajes y otras meditaciones urbanas.* Barcelona: Xoroi, 2013.

FABRE, Jaume, y HUERTAS CLAVERIA, Josep Maria. *Tots els barris de Barcelona. Els barris de la Barcelona vella.* Vol. V. Barcelona: Edicions 62, 1976.

GOLD, Arthur, y FIZDALE, Robert. *Misia.* Barcelona: Destino, 1985.

MARGARIT, Isabel. *París era Misia.* Madrid: La Esfera de los Libros, 2010.

PLADEVALL, Antoni. «Sant Pere de les Puelles», en *Catalunya romànica. Barcelonès, el Baix Llobregat, el Maresme.* Vol. 20. Barcelona: Fundació Enciclopèdia Catalana, 1990.

VALLESCÁ, Antonio. *Las calles de Barcelona desaparecidas. Relación histórica desde la época romana hasta el siglo XX.* N.º 2. Barcelona: Ediciones Ariel, 1945.

VENTEO, Daniel. *Barcelona. Ciutat Vella. Recull gràfic 1844-1986.* Barcelona: Editorial Efadós, 2016.

VILUMARA, Josep M., y LÓPEZ, Fàtima. *El quarter de Sant Pere. Història d'un barri amagat de Ciutat Vella.* Fotografías de Gabrielle Merolli. Ajuntament de Barcelona: Viena Edicions, 2014.